अनंत व्योम की ओर

कविता-संग्रह

अविनाश झा

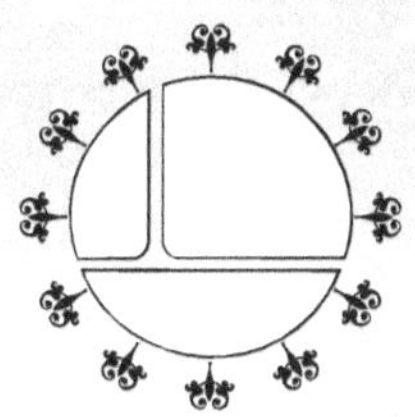

अंजुमन प्रकाशन

अंजुमन प्रकाशन

942, आर्य कन्या चौराहा, मुट्ठीगंज

प्रयागराज - 211003 उत्तर प्रदेश, भारत

website - www.anjumanpublication.com

E-mail - anjumanprakashan@gmail.com

प्रथम संस्करण, पेपरबैक, अंजुमन प्रकाशन द्वारा 2021 में प्रकाशित
आवरण व टाइपसेटिंग - अंजुमन प्रकाशन, प्रयागराज

ISBN : 978-93-88556-59-0

समर्पित

बलिया ग्रुप को

जो सरकारी सेवा में आने के बाद बना
और इसके बाद भी रहेगा।

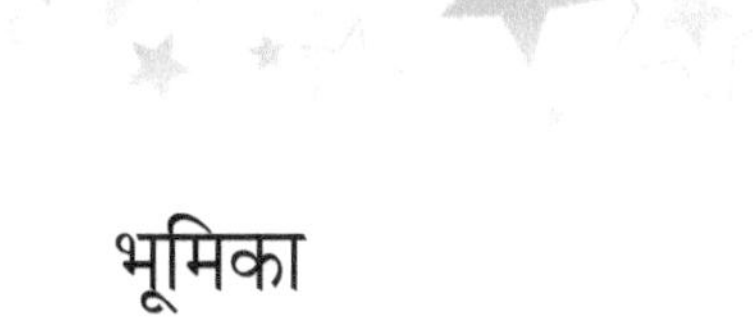

भूमिका

अविनाश झा की 'बटेसर ओझा व अन्य कहानियाँ' में जैसे आम ज़िंदगी से जुड़ी कहानियाँ हैं, जो बहुत सहजता से और सरलता से लिखी गयी हैं; ठीक उसी तरह उनके कविता संग्रह 'अनंत व्योम की ओर' की कविताएँ जीवन के विभिन्न पहलुओं को दर्शाने का काम करती हैं। संग्रह में कवि ने एक ओर जहाँ प्रकृति और दर्शन के बिम्ब को सरलता से एक माला में पिरोया है, वहीं दूजी ओर आस-पास घटने वाली घटनाओं को मूल रूप से दर्शाया है। कई बार हम चीज़ों को बढ़ा-चढ़ाकर कहते हैं, क्योंकि हमें ऐसा लगता है कि ऐसा करने से हमारी बात लोगों तक आसानी से पहुँच सकती है। लेकिन ऐसा होता नहीं है। घटनाओं को और उनके पीछे छिपे सत्य को जितनी सहजता से बयाँ किया जा सके वो लोगों तक उतनी ही आसानी से पहुँचती है; अविनाश इस कोशिश में पूरी तरह से सफल हुए हैं।

कविता लिखना अपने आप में एक कठिन कार्य है। किसी रचना को शुरू करना और उसे उसके यथार्थ तक पहुँचा पाना किसी पहाड़ चढ़ने से कम मुश्किल काम नहीं। अविनाश झा की 'अनंत व्योम की ओर' एक ऐसा संग्रह है जो अपने यथार्थ तक पहुँचने में सफल हुआ है।

अमित गुप्ता 'कवि'

'रात के उस पार'
(कविता संग्रह)

अपनी बात

कभी सोचा न था कि मैं कविताएँ भी लिखूँगा, चलो मान लिया कि गाहे-ब-गाहे लिख भी लिया तो क्या वो छप भी पायेंगी? ये छपास का रोग भी न जाने इंसान से क्या-क्या करवाता है! यूँ ही चलते-चलते 'बटेसर ओझा' छप कर आ गई। अरे भाई! छपती तो लाखों किताबें हैं साल भर में, पर इसे तो 'अमीर खुसरो पुरस्कार' भी मिल गया। जैसे भगवान जब देता है तो छप्पर फाड़कर देता है। अब जब लेखक बन ही गये थे तो कविताएँ भला क्योंकर गूगल डॉक्स में पड़ी-पड़ी अपने भाग्य को कोसती रहतीं। जैसे सबके दिन बहुरे, इसके भी दिन बहुरे। सच कहें तो मुझे कविताओं की बहुत समझ नहीं है। बस यूँ ही कलम चला लेता हूँ। दूसरे शब्दों में कविताओं में मेरे हाथ जरा तंग से हैं, फिर भी यदा-कदा मन में उठनेवाले भावों को शब्दों में पिरोने की कोशिश करता रहता हूँ। ज्यादातर मुझे प्रकृति और समाज की विविधता लिखने हेतु आकर्षित करती रही है। कविताएँ तो बस में लिखता चला गया और यह संग्रह एक दिन या एक साल का नहीं बल्कि वर्षों से छिटपुट लिखते रहने का प्रतिफल है। लगातार कहानियाँ लिखते रहने के बीच एक टॉनिक सदृश ये कवितायें मनोभावों को आलोड़ित करती हुई आती रहीं और मुझे अपनी कथा संग्रह 'बटेसर ओझा' पूर्ण करने हेतु प्रेरित करती रहीं। असल में ग्रामीण अंचल मुझे लुभाते हैं और गाँव यादों में रच बस सा गया है। विवशता, गरीबी, खासकर बच्चों का दर्द जब भी मेरी कलम से उमड़े तो वे कविता बन गये। 'वो नन्ही हथेलियाँ' कविता मेरी बेटियों के बचपने को याद करके लिखी गई है। उन नन्ही और कोमल हथेलियों के स्पर्श की याद भला किसे न कवि बना दे। 'वो नन्ही सी जान' और 'मेरे घर आई एक नन्ही परी' सरीखी कविताएँ तो उनके प्रति स्नेह ही है। प्रेम में डूबा कवि अपनी प्रेयसी की जिंदगी के हरपल को जीता है और कवितायें लिखता है। कभी बारिश की बूंदों, कभी अमलतास के फूलों को देखते हुए तो कभी जंगल के बीच झील के किनारे बने कॉटेज में निद्रावेशित तरुणी को देखते हुए, कभी चाँद को देखते हुए तो

कभी सूने घर में उसकी परछाइयाँ तलाश करते हुए लिखता है। प्रौढ़प्रेम उस हमसफर को हर पल साथ देने का भरोसा दिलाता है। सरकारी सिस्टम पर प्रहार करती हुई कविताएँ बाढ़के इंतजार में अपने कुकर्मों के दफन हो जाने का इंतजार करते अफसर को चित्रित करती हैं तो दूसरी ओर एक सरकारी कर्मचारी की कठिनाइयों को भी बताने की कोशिश करती हैं। समसामयिक विषय चुनाव, टीवी प्रोपेगैंडा, चुनावी बहस, आतंकवाद, ग्लोबल वार्मिंग सहित शायद ही कोई ऐसा विषय हो जिसपर भावनायें उमड़ी न हों और शब्दों में ढलकर कविताएँ न बन गई हों। भावनाओं का यह ज्वार भाटा अब आपके हाथों में है। देखते हैं, ये कहाँ तक आपको बहाकर ले जाता है। सरकारी सिस्टम पर लिखने के लिए मन कसमसाते ही रह जाता है परंतु कर्मचारी आचरण संहिता के बंधन में बँधे हाथ सिर्फ सजदे में ही उठ पाते हैं। कहते हैं नौकर के सिर्फ कान होते हैं, जुबान नहीं। वह बोल नहीं सकता, अपनी भावनाओं की अभिव्यक्ति नहीं कर सकता, सिर्फ आर्डर फॉलो कर सकता है। जाहिर है भावनाओं का ज्वार कहीं न कहीं निकलेगा। वस्तुतः कविताएँ हमें दर्शन के स्तर पर चढ़ाती-उतारती हैं। कविताओं और कहानियों में मूलभूत अंतर यही होता है कि कहानियों में अपनी बातों को समझाने का स्पेस आपके पास होता है परंतु कविताओं में कम शब्दों में भावनात्मक अभिव्यक्ति की जाती है। संभव है कविताओं के माध्यम से कही गई बातें सबके हृदय में समान रुप से उतर न पाये परंतु कविताओं के माध्यम से कही गयी कल्पनाओं के उस स्तर तक पहुँचा जा सकता है जहाँ पर पहुँचने के विषय में कोई सोच भी नहीं सकता। इसीलिए कहते हैं कि जहाँ न पहुँचे रवि, वहाँ पहुँचे कवि। तो यह संकलन है हमारी उन अतुकांत कविताओं का जो बस यूँ ही निकल गये थे अपने लिए शब्दों की पगडंडियाँ बनाते, विचारों के रथ पर सवार होकर भावनाओं के समंदर में गोता लगाने के लिए। ये इधर-उधर बिखरे हुए से थे जिसे सजाया सँवारा है मेरे अग्रज सदृश मित्रवर श्री सुधांशु शेखर चौबे ने, जिन्होंने मेरे लिए अपना कीमती समय देकर संपादन की भूमिका का निर्वहन किया है। अपने कीमती समय में से कुछ पल निकाल कर कवि अमित गुप्ता जी ने इस पुस्तक की भूमिका लिखने का गुरुतर दायित्व स्वीकार किया, उनको हृदय से धन्यवाद।

'बलिया ग्रुप' से कमिटमेंट था कि अगली किताब में उसका जिक्र अवश्य होगा। असल में हमारा यह ग्रुप बना था सरकारी सेवा में आने के बाद, जब हमलोगों ने बलिया में एक साथ ज्वॉइन किया था। सबसे बड़े श्री अरुण त्रिपाठी

जी और क्षमा भाभी हमारे प्रेरणास्रोत हैं। सुधांशु शेखर चौबे का जिक्र पहले भी आ चुका है और मिसेज सावित्री चौबे के प्रति उनका असीम प्यार, ग्रुप की चर्चा का विषय है। निश्चल आनंद जी और निक्की आनंद की सुपरहिट जोड़ी ग्रुप की शान है। निश्चल आनंद उर्फ डॉक्टर अच्छे समालोचक और विश्लेषक हैं तथा उनसे कई बार विभिन्न विषयों पर लंबी बहसें हुई हैं। भाई अनुप सिंह और रेखा भाभी सौम्यता और गंभीरता की पहचान हैं। अलमस्त संजीव राय और रंजना भाभी का एक अलग ही स्थान है ग्रुप में। अभिषेक तिवारी वैसे हैं तो काफी जूनियर हमलोगों से परंतु हमेशा से व्यंजन के स्वाद की तरह सोनी जूनियर के साथ ग्रुप में घुले मिले हैं। शिशिर जी के छोटे-छोटे चुटकुलों और व्यंग्यों का जिक्र किए बिना ग्रुप अधूरा रहेगा। जाहिर है मिसेज शिशिर यानि सोनी भाभी को शिशिर के इन कटाक्षों को सबसे ज्यादा झेलना पड़ता होगा या पता नहीं वहाँ इनकी बोलती बंद हो जाती हो, जैसे सबकी हो जाती है। अमरेश बहादुर की एक अलग क्वालिटी है वो ग्रुप से अंदर बाहर होते रहते हैं। बच्चों के नामों के लिए तो तीसरी किताब लिखनी पड़ेगी। वैसे भी लगभग बीस साल से चले आ रहे इस बलिया ग्रुप की उपस्थिति तो मेरी हर रचना में मिलेगी।

मैं हिंदी साहित्य का विद्यार्थी नहीं रहा पर पढ़ने में रुचि हमेशा से रही। विचार और भावनाओं को शब्दों के जाल में पिरोना बस कवियों और साहित्यकारों को देखकर ही सीखा है। ब्लॉग वगैरह तो बहुत पहले से ही लिखता रहा हूँ पर फेसबुक ने छपने-छपाने का कॉन्फिडेंस दिया। मैंने श्री राधाकृष्ण गोयनका कॉलेज, सीतामढ़ी, बिहार में ग्रेजुएशन करते हुए श्री बसंत आर्य (संप्रति डिप्टी कमिशनर इन्कम टैक्स, कोलकाता) से साहित्यिक अभिरुचि रखने की प्रेरणा ली थी। आज बसंत आर्य एक अच्छे और सफल स्टैंडअप हास्यकवि हैं। असल में छपास का रोग उसी समय क्रॉनिक हो गया था जो बीच में जिंदगी की अन्य व्यस्तताओं में सुसुप्त हो गया था। जाहिर है इसमें अपनी जीवन संगिनी दीक्षा (बबिता) को भूल जाना अक्षम्य होगा। बेटी मृणालिनी और अनुष्का एवं पुत्र नीलोत्पल की रुचि अब मेरे साहित्यिक कार्यों में बढ़गई है। बाबूजी हमेशा पूछते रहते हैं, दूसरी किताब कब आएगी! 'बटेसर ओझा' को बड़े प्यार से गाँव में घर-घर बाँटा है उन्होंने, जैसे बाहर से आने वाला कोई सनेश बाँटता है। माँ तो माँ ही है। बच्चों की खुशी में हमेशा खुश। भैय्या अरविंद झा, घर में सबसे ज्यादा समझदार हैं। घर के किसी भी मसले में उनके होते ही हम निश्चिंत हो जाते हैं। भाभीजी का, रंजन जी, बड़की बहिन और छोटकी बहिन

का छोटा भाई बनकर हमें असीम प्यार मिला, जिससे हमें जिंदगी की समझ मिली।

खैर! अपनी रामकहानी तो चलती रहेगी, आपसब अब इन टूटे-फूटे शब्दों के प्रवाह को देखिये। अपनी कविताओं को नेपलिया ट्रेन तो नहीं कहूँगा जो धुकुर-धुकुर चलती हुई आराम से आपको आपकी मंजिल तक पहुँचाएगी। इसे कालका-शिमला टॉय ट्रेन भी नहीं कहूँगा जो वादियों में भरमाती आपको अपने में सराबोर कर देगी। इसे बुलेट ट्रेन भी नहीं कहूँगा जो पलक झपकते ही आपको प्रेमनगर से मदुरै पहुँचा देगी। मैं इसे कुछ भी नाम नहीं दूँगा। यह आप पर है कि आप इसे देखकर पढ़कर कैसा महसूस करते हैं। यदि यह कविताएँ आपको अपनी सोच की मंजिल तक पहुँचाने में सफल हो जाती हैं तो मेरा लिखना सार्थक हो जाएगा। तो चलते हैं अनंत व्योम की ओर!

अविनाश झा
पीलीभीत

अनुक्रम

अमलतास के फूल

ये जो सूरज के ढलते ही
पेड़ों के लम्बे होते साये
खिड़की के अंदर घुसकर
बिस्तर पर हिलते से नजर आते हैं
जैसे वो सहला रहे हों
उन परिंदो को, जो उनकी
शाखाओं पर नहीं बिस्तरों पर
किलोल करते हैं
गुनगुनाते हैं रात भर
अमलतास के लाल फूलों के साये
काले से हो जाते हैं
जलभुन से जाते हैं उन्हें देखकर
उन परिंदों के प्रेम से
हवाओं के झोंके में सलामी देते हैं
झुककर टहनियाँ मुस्कुराती हैं
परिंदे भोर में खिड़की की ओट से
उन्हें अपलक निहारते हैं
चाय की चुस्कियों के बीच मुस्कियाते हैं
उन लाल फूलों को देखकर
इंतजार करते हैं सुनहरी धूप का
जिसके बिखरते ही खिल जाती है छटा
और वह विदा करता है
धुंधलका छाने तक उन परिंदों को
जो लाल देखकर लाल हुआ जाता है।

निद्रावेशित तरुणी

चाँदनी रातों मे
सुनसान जंगल के बीच
विशाल जलाशय के किनारे
पेड़ों की मजबूत टहनियों पर बने
उस कॉटेज की खिड़की से
शांत जल को देखता है
क्या जल सो रहा है?
अचानक पंख फड़फड़ाता कोई पंछी
शांत जलाशय में झपट्टा मारकर
उसे तंरगित कर देता है
दूर से कहीं पक्षियों का एक जोड़ा
कॉटेज के मुँडेर पर आ बैठता है
जैसे उसे पता हो कि इसे भी नींद नहीं आ रही है
वह पलटकर अंदर देखता है
जहाँ निद्रावेशित तरुणी बिस्तर पर
मोनालिसा-सी बनी टँगी है
वो सो कैसे सकती है?
उसका हृदय खिन्न हो रहा है
इस घनघोर बियाबान जंगल में
उसका अशांत हृदय कुछ बातें करना चाहता है
लेकिन नींद तोड़ना तो गुनाह है न
वो फिर खिड़की से झाँकता है
मुँडेर पर पंछियों के चोंच जुड़े से हैं
वो तड़प उठता है
दूर किसी की गुर्राहट अँधेरे को चीरती है
कॉटेज उसके धड़कनों से कम्पित होता है
तरुणी हड़बड़ाकर उठ जाती है
जैसे कोई मीठा सपना देख रही हो

ऐसे वातावरण में कोई मीठा सपना ही देख सकता है
जब तरुण-तरुणी का संग हो
बियाबान जंगल हो
और मुँडेर पर पंछी का जोड़ा हो।

ब्लैकहोल

यूँ तो मैं अक्सर भटकता रहता हूँ
अपनी तनहाइयों के अँधेरे में
इक अजीब-सी खुशबू खींचती है
और मैं उस कस्तूरी की तलाश में
न जाने कितने मृगों के
भीतर समाता जाता हूँ
मुझे इक अजीब-सा शून्य
समाहित कर लेता है
अपनी बाँहों के दरमियान
और मै स्वयं को डूबता-उतराता पाता हूँ
उस अदृश्य ब्लैकहोल में
जहाँ मेरा कोई अस्तित्व नहीं
मै खुद बखुद शून्य हो जाता हूँ
मुझे इस संसार की निस्सारता में
सार नजर आता है
अस्तित्व खोने में ही अपना
अस्तित्व नजर आता है
फिर भी मैं वापस आता हूँ
इस मायावी दुनिया की माया के
मोहपाश मे बँधकर
और लीन हो जाता हूँ फिर से
तीन तेरह के चक्कर में
उस तनहाइयों के समंदर से
बाहर निकलकर

मेरे घर आयी इक नन्ही परी

इक बेताब समंदर मचलता है
इन गहरी काली आँखों में
नीले पानी का ज्वार-भाटा
बहा ले जाता है अपने भीतर में
मैं तैरता हूँ, डूबता-उतराता हूँ
इक तूफान है ऊपर
इक आकाशगंगा है नीचे
जहाँ असंख्य झिलमिलाते तारे
और तारों के बीच हमारा चाँद
चाँदनी में नहाया हुआ
मैं अपलक देखता रहता हूँ
तभी छपाक से एक डाल्फिन
पानी मे छलाँग लगाते हुए
लहरों से किलोल करते हुए
मुझे पास बुलाती है
और मैं मदहोश सम्मोहित-सा
खिंचा चला जाता हूँ उसके साथ
न खत्म होनेवाली गहराइयों में
जहाँ तैरती है इक नन्ही-सी परी
जो मुझे देखते ही मेरे गले लग जाती है
और मैं भाव विभोर हो रोने लगता हूँ
मै स्वयं को बच्चा हुआ पाता हूँ
मचल जाता हूँ उस नन्ही परी के लिए
डाल्फिन मंद-मंद मुस्काती हुई
उस को इशारा करती है और
वो विलुप्त हो जाती है मेरी गोद में आकर
और अचानक मैं स्वयं को पाता हूँ
उन झील-सी गहरी आँखों के बाहर

खुले आकाश के नीचे धूप सेंकते हुए
और तुम कहती हो
पतझड़ बीत गया
सावन आनेवाला है
फूल खिलनेवाला है।

एहसास

उस दिन समुद्र किनारे
पनीले रेत पर खाली पाँव चलते हुए
तलवों मे जो गुदगुदी हो रही थी
कुछ जानी-पहचानी सी थी
तलवे शीतल तो नहीं थे
उन दिनों की तरह
जब हम नंगे पावों उस पार्क के
नर्म-नर्म हरे घासों पर चला करते थे
हाथों मे हाथ और आँखें जुड़ी हुई लेकर
उस दिन के बाद
वो घास चुभने सी लगी थी
जब हाथों मे हाथ न था
आज फिर वैसी ही गुदगुदी हो रही है
लगता है तुम अभी इस पर चलकर गयी हो
सर्द हवाएँ महक रही हैं
जैसे तेरे बदन को छूकर आयी हो
तुम कहीं आस-पास ही हो
दिल बेचैन-सा हो जाता है
रंध्रों मे तेरे खुशबू टकराने-सी लगती है
नजरें दौड़ाता हूँ तो चहुँओर वीरानगी-सी छायी थी
सिर्फ मैं अकेला खुद से जूझ रहा था।

चाँदनी रातें

चाँदनी रातें अब तो कटती नहीं हैं
उस पहाड़ के बीचोंबीच
देवदार के घने जंगलों के बीच
रिजार्ट की छत पर
पूर्णचंद्र को अपलक देखना
झिलमिलाते तारों के बीच
कोशिश थी तेरा अक्स नजर आये
अक्सर बादलों के बीच तुम नजर आती थी
पर आज आसमान भी साफ है
और मेरा चेहरा भी भावहीन
अचानक याद आया
तुम कहती थी कि किसी दिन चाँद पर चलेंगे
तारों के बीच अपना घर बनायेंगे
मैं जानता था तुम मुझे बहला रही हो
लेकिन दिन में ये तो दिखते ही नहीं
फिर हम कहाँ जायेंगे
तुम खिलखिलाकर हँस पड़ी थीं
दिन की हमें जरूरत कहाँ है!
उस दिन से मेरी रातें कटती नहीं हैं
चाँदनी रात तो बिलकुल भी नहीं
फिर भी बैठता हूँ प्रत्येक पूर्णमासी को छत पर
और अपलक निहारता हूँ उसे
शायद तुम आसपास दिख जाओ
देवदार के पेड़ मंद-मंद हवाओं के साथ झूम रहे हैं
और रिजार्ट की छत पर आंधियाँ चल रही हैं
बाहर नहीं, मेरे अंतःस्थम में
और मैं बेचैन-सा टहलने लगता हूँ
अपलक चाँद को देखते हुए

सपनों मे गाँव

हम गाँव नहीं जा पाते
अब गाँव मेरे पास आता है
जब मैं देर रात तक
बार-बार करवटें बदलते हुए
कभी उठकर बैठ जाता हूँ
तब वो मेरे खयालों में आता है
खुले आसमान के नीचे आँगन में
खाट पर पड़े बिस्तर में
चैन की नींद सोते हुए दिखता है
दोपहर में बन्नू कक्का को
आम के पेड़ के नीचे खर्राटे लेते देखता हूँ
अब मैं गाँव नहीं जाता
गाँव खुद आता है मेरे पास खयालों मे
भीड़ भरी सड़कों पर
ट्रैफिक के सिग्नल पर खड़े
पगडण्डियों पर एक अकेला साइकिल सवार दिखता है
दिखती है मुझे सनेही बाबा की बैलगाड़ी
जिनके बैलों के गले मे बँधी घण्टियों की टनटनाहट
नीरवता को चीरती-सी दिखती है
मगर मोटरों की चिल्ल पों और
भागते आदमियों की हड़बड़ी से डरकर
मेरा गाँव भी सहम जाता है
मै अब गाँव जा नहीं पाता हूँ
इसलिए सपनों में ही आता है
बार-बार बुलाने के लिये।

बेपरवाह ख्वाब

ख्वाबों की अजीब-सी
बंदिशों ने घेर रखा है
उड़ना चाहता हूँ बेलौस
बड़े प्यार से बाँध रखा है मुझे
अक्सर देखा करता हूँ
उड़ते हुए खुद को
बिना पर, बिना किसी सहारे के
कहाँ जाता हूँ पता नहीं
अक्सर गुम हो जाता हूँ
अनजान रास्तों में
जो दिखती हैं ऊपर से
सपाट, निर्जीव और सफेद
ऊँचाइयों से डरता हूँ मैं
गिरने से भयभीत हो जाता हूँ
ऊँची बिल्डिंगों से नीचे देखने में
पलकें बंद हो जाती हैं
खुद ब खुद
ख्वाब में भी अधूरे होते ख्वाब
बंदिशों की डोर
हर पल है पीछा करती
धरती हो या उन्मुक्त गगन।
ख्वाब ऐसे ही हैं मेरे
जो उड़ना चाहूँ तो उड़ न पाऊँ
डरता हूँ किसी दिन लटक न जाऊँ
बीच आकाश में त्रिशंकु की तरह।

मुसाफिर

मुसाफिर हूँ दोस्तों
मिलते हैं रोज नये हमराही सफर में
गुजरता है वक्त अच्छा बुरा
यादें दिल में बसाये
बिछड़ जाता हूँ रोजाना
कितने मिले बिछड़े याद नहीं
कुछ टीस देकर गये
कुछ रुलाकर चले गये
उनको जल्दी थी सफर पूरा करने की
खालीपन को यूँ ही
गुफ्तगू से भुलाया करता हूँ
चले चलना नियति है अपनी
रुककर इंतजार करना बस में नहीं
दौड़कर पकड़ना भी मुमकिन नहीं
पल-पल का लुत्फ उठाते चलते रहना
हमसफर को साथ लेकर चलना
खुशनसीबी होगी अपनी
सफर थमने तक।

सूना घर

यह सूना घर मुझे
हरदम लिखने की प्रेरणा देता है
जब रात में अकेला तन्हा चाँद
बादलों में लुकाछिपी
खेल रहा होता है
तब तेरी यादों के समंदर में
डूबा हुआ मैं और मेरी तनहाई
इस सूने घर से बातें कर रहे होते हैं
तेरे बारे में... और वो भी रो पड़ता है
अपनी सर्द दीवारों के सहारे
खिड़कियों की बंद सिटकनियों को
खोलने की आस लिये
दरवाजों पर झूलते बेजान पर्दे
अपने समेटे जाने का इंतजार करते हैं
वो सूनी देहरी भी
जहाँ पर अपने जिस्म को टिकाये
इंतजार करती रहती थी कभी तुम
मेरे घर लौट आने का
वो हथपंखे
ज्यों के त्यों पड़े हैं
जहाँ छोड़ गयी थी तुम उस भरी दुपहरी में
पीली दीवारों पर टँगी
वो तेरे हाथों की बनी पेंटिंग्स
जिसमें पेड़ के नीचे बैठी तुम
बिरहा गा रही हो
इंतजार में है तेरे नर्म-नर्म हाथों से
छुए जाने और खिल जाने को
तब मैं इस सूने घर को देखता हूँ

कभी इन दरो दीवारों को
और कलम उठ जाती है मेरी
कुछ लिखने को
जो शायद तुम तक कभी पहुँच सके
और मैं कभी सुना न पाऊँ

विरह के आँसू

हरी घास पर पड़ी ओस की बूँदें
आसमान की आँखों से
बरसे विरह के आँसू हैं
रात्रि-वियोग के प्रतिफल
जो धरती से मिलन की आस लिये
दूर क्षितिज तक रोज दौड़ लगाता है
यह अंतहीन सफर कभी खत्म नहीं होता
प्रतिदिन क्षितिज और दूर चला जाता है
अलस्सुबह उन ओस की बूँदों को
जो चमकती हैं शीशे की मानिंद
अक्स अपना देखता हूँ
खुद-सा हुआ पाता हूँ
उँगलियों पर लेकर होठों से चूमता हूँ
बिखर जाती हैं मोतियाँ
जैसे अपनी दास्तान सुना रही हों
बस आँखें नम होकर बरस जाती हैं
जैसे भागता हूँ रोज में
तेरी आहट को अपनी आगोश में लेने के लिये
तुम छन से गुम हो जाती हो
आँख खुलने पर दूर खड़ी मुस्कुराती हो
हाथों में हवा हो जाती हो
बंद आँखों में गुहार लगाता हूँ
और तुम आ जाती हो
अठखेलियाँ करने के लिये
रात भर आँखों में रचने के लिये
सुबह फिर तलाश करता हूँ तुझे
उन ओस की बूँदों में
आसमान के आँसुओं में।

लिफ्टें

ऊँची-ऊँची बिल्डिंगों में
ये जो लौह कमरों से बने लिफ्ट हैं
ये उनके लिए नहीं हैं
जिन्होंने इसे बनाया है
जिन्होंने रात-दिन एक कर
बिल्डिंग को रहने लायक बनाया है
वे नहीं रहते यहाँ
वे तो बसते हैं इन अट्टालिका के
पीछे बसी झोपड़ियों में
इनके बीवी-बच्चे यहाँ आते हैं
बरतन धोने, झाड़ू-पोछा करने
और देखते हैं सपने
कभी इन घरों में रहने का
लिफ्टमैन इन्हें मना करता है
सीढ़ियाँ बनी हैं इनके लिए
चाहे कोई भी मंजिल हो
ऊँची-ऊँची सीढ़ियों की लम्बाई नापते
हाँफते, पाँवों को थामते
पहुँचते हैं इन घरों में
इन लिफ्टों को ऊपर-नीचे जाते देखते
लिफ्टें इनका बोझ नहीं उठा सकतीं
क्योंकि इनके कन्धो और सिरों ने
उठाया है बोझ इन बिल्डिंगों का।

सर्द रातें

सर्द रातें उबाऊ नहीं होतीं
कँपकपाती ठण्ढी में
गर्म कम्बलों में लिपटे
नींद को आँखों में उतरने का
सुखद एहसास देती हैं
लम्बी रातें लम्बे सपने
खुद को बुनने
खुद को चुनने का
इक एहसास देती हैं
ऊबते तो वो भी नहीं
जो ठिठुर रहे होते हैं
सड़क किनारे, प्लेटफार्म पर
या खुली झोपड़ियों में
सर्द हवाओं के नश्तर-सी चीरती वीरानगी
खुद में खुद को समेटने का
प्रचण्ड एहसास देती है
इनकी रातें लम्बी होती हैं
पर सपने लम्बे नहीं होते
टुकड़े-टुकड़े में बिखर जाती है
सपनों की यह डोरी
जिनको पूरा करने के लिये
दिन भी छोटे पड़ जाते हैं
उधार या दान के कम्बलों पर टिकी हैं
सर्दी की ये रातें उनकी
इक टीस-सी दे जाती हैं
और अनायास ही फूट पड़ते हैं बोल
'हे राम! सुबह कब होगी!'

अपनी जिंदगी जी जाता हूँ

कभी लाड़ और दुलार से
तो कभी फटकार से
वो मनवा ही लेता है अपनी बात
यूँ तो कभी भी वो उसकी बातों को
जाया नहीं करता
पर जब अपनी जिद पे आता है
तो किसी की नहीं सुनता
टेसुए बहाना कोई इससे सीखे
जैसे जानता हो कि पिघल जाते हैं
सब मोम की तरह उसके आँसुओं से
नखरों में भी उसके कोई कमी नहीं है
जिसे उठाते हैं सभी नाज से
पता नहीं किस बात पर मचल जाये
किस बात पर उबल जाये
बिगाड़ दिया है मैंने प्यार से
ऐसा सब कहने लगे हैं
कभी-कभी मैं भी यही सोचता हूँ
पर अभी छोटा ही तो है
अभी हैं ही
दिन उसके
मस्ती दिखाने के
मनौव्वल कराने के
हाँ, मान भी जाता है जल्दी से
शायद उसे डर है मेरे रूठ जाने का
मेरे जल्दी चले जाने का
इसलिए मुझसे दूर नहीं रह पाता
जितने भी पल उसके पास होता हूँ
आँखें तलाशती रहती हैं मुझमें

अपने लिए प्यार, अपनापन
और उसके होने का एहसास
जैसे मै न होऊँ
तो उसका अस्तित्व नहीं है
मेरे मनाने से जल्दी मान भी जाता है
रूठता है फिर भागकर लिपट जाता है
मै भी देखता हूँ अपना अक्स उसमें
और खुद को उस उम्र में जी पाता हूँ
शायद इसीलिए रूठता हूँ मनाता हूँ
अपनी जिंदगी जी जाता हूँ।

जिन्दगी के फलसफे

आधी तो हमको समझ में न आती
आधी समझना नहीं चाहते
इसी गफलत में उम्र खर्च की है हमने
शेष कुछ बचा हो
तो समझा देना मुझे फुरसत में
समझते तो तुम भी नहीं जिंदगी के फलसफे
गुज़ारे नहीं हैं तुमने गुरबत के दिन
अभी तेरा खुमार टूटा नहीं
अभी तो रंग चेहरे से उतरा नहीं
अभी तो ऊँट टहल रहा है रेगिस्तान में
अभी रास्ते में पहाड़ आया नहीं
जब जमीन पे तुम आ जाना
इक हुँकारी-सी लगा देना
हम भी खोल लेंगे अपनी आँखें
आँखें तुम्हारी भी खोल देंगे
समझ लेंगे तब हम भी कुछ ज्यादा
तुम भी कुछ समझ लेना
अभी तो तेरे कानों में घुँघरुओं की झंकार है
नासिका रंध्रों में कश्मीर की कली की खुशबू है
आँखों मे है नशे की लाली
वो ख्वाब तो कबके डुबो दिये डल झील में
ये छटपटाहट अभी तुम समझते नहीं
इन लपटों की आहट को देखते नहीं
जलेगा तेरा भी आशियाना एक दिन
तब समझने के लायक शायद तुम न रहो
और हम समझाने के लायक न रहें।

पत्थरों के जंगल

पत्थरों के जंगल हों या
पेड़ों के अरण्य
हर जगह जानवर होते हैं
शिकार करते हैं सभी
भेड़ियों की तरह छुपकर
या बाघ की तरह झपटकर
बाघ तो कम हो रहे ही हैं
 जो करते थे सामने से वार
अब तो खंजर के निशान पीठ पर ही मिलते हैं
बाघों को बचाने के लिये रिजर्व बन रहे हैं
कभी भेड़ियों का रिजर्व नहीं होता
ये बहुतायत में पाये जाते हैं
सियार भी हैं और चालाक लोमड़ी भी
जो खरगोश के नर्म-नर्म खाल की तलाश में हैं
छुपे हैं सभी इन पत्थरों के दरो दीवार के साये में
जानवरों से ही तो जंगल बनता है
वरना जंगलों से फिर डरता कौन
पहले पेड़ों और झाड़ियों के बनते थे
अब पत्थरों के बन रहे हैं
पेड़ो के जंगल से निकलकर
आदमी गाँवों में गया था
फिर जानवर बन गया है
पत्थरों के जंगल में
अब यहाँ फिर से डरता और डराता है

मत्स्य न्याय

मछलियाँ तैरती हैं पानी में
जमीन पर नहीं रह सकतीं
लेकिन उनका कानून चलता है यहाँ
छोटी मछलियाँ होती ही हैं
ग्रास बनने के लिये
वो ज्यादा दिन स्वयं को नहीं बचा पातीं
यहाँ भी कमजोर तब तक जिंदा है
जब तक नजर न पड़ जाये
दबंगों की।
वे बचते हैं, छुपते हैं
सामने आने से डरते हैं
विकल्प नहीं है उनके पास
या तो ग्रास बन जायें
या स्वयं बड़ी मछलियाँ बन जायें
और करने लगें भक्षण
छोटी मछलियों का
यहाँ उन मछलियों को भी खा जाते हैं
जो पानी के बिना नहीं रह सकते
जिन्होंने सिखाया है इन्हें
मत्स्य न्याय।

इतना प्रेम कहाँ से लाती हो

इतना प्रेम कहाँ से लाती हो?
सुबह-सुबह अलसायी-सी
दिन दोपहर भरमायी-सी
साँझ सुरमयी मदमाती-सी
रात घनघोर घटा बरसाती-सी
हर पल प्रेम सुधा बरसाती हो
इतना प्रेम कहाँ से लाती हो?
स्व को समेटे, खुद ही में खोये
शब्दों में, चित्रों में, भावों में रोये
रागों में बहते नयनों से झरते
अधखुली आँखों में यूँ सोते
दृश्यों से मदिरा छलकाती हो
इतना प्रेम कहाँ से लाती हो?
कहती नहीं पर समझ आ जाती है
रोती नहीं पर बूँदें छलक जाती हैं
नाचती नहीं पर मगन हो जाती है
हँसती नहीं पर खिलखिलाहट आ जाती है
प्रेमसागर में डुबकियाँ लगवाती हो
इतना प्रेम कहाँ से लाती हो?

देवदारों के साये

इक वादा मैंने किया
इक तूने भी किया
हर इक पल को जिये जाऊँगा
नदियों की तरह बहूँगा मैं
किनारों की तरह
हर पल साथ निभाऊँगा
क्या हुआ जो मिल न पाये कभी
इन बहती धाराओं के साथ बहता जाऊँगा
इक सौदा मैंने भी किया
और इक तूने भी किया
मेरे हौसलों के चट्टान की मानिंद
साये की तरह बगलगीर हो जाओगी
हिमालय की तरह कभी पिघलोगी नहीं
हमेशा दिन ब दिन उठती ही जाओगी
चाहे लाख तूफान हो इस आइसबर्ग के नीचे
अविचल साथ निभाओगी
घाटियों के ऊपर खड़े देवदारों के साये
लम्बी-छोटी होती शाखाओं के साये
खाते हैं कसम हमेशा साथ रहने की
और तूने निभायी है अपनी कसम
इस उत्तुंग शृंग हिमालय की तरह
नदियों को जिंदा रखूँगा मैं हर पल
कभी सूखने न दूँगा इन किनारों की तरह

जीवन का अर्थ

ओज भरी उन आँखों में
दर्प का नामोनिशान नहीं था
आत्मविश्वास भरे शब्दों से जब
उसने मेरे अंतर्मन को झकझोरा
ज्यों बंजर भूमि पर कोंपलें फूटती हैं
बियाबान रेगिस्तान में ओस की बूँदें गिरती हैं
शांत नीर में कंकड़ उछलता है
लहराते समुद्र में डॉल्फिन उछलती है
शांत पेड़ों से कोई पंछी उड़ता है
क्या इसीलिए ईश्वर ने
तुझे भेजा है इस भू-लोक में
क्या इसीलिए बख्शा है तुझे
यह अमूल्य मनुज योनि
सिर्फ क्षुधा ही शांत करनी थी
तो पशु शरीर क्यों न धारण किया
इस जीवन का कुछ अर्थ है
परमार्थ ही इसका उद्देश्य है
विह्वल हृदय अश्रु परोसते हैं
मन विचलित-सा भागने लगता है
यह कौन चित्रकार है जिसने
मन के कोरे कैनवस पर उड़ेल दी है
रंगों की लहरें
कभी मोनालिसा तो कभी
द लास्ट सपर मन हुआ जाता है।

ये दीवाली भी वैसी ही रहेगी

दिये तो जलेंगे इस बार भी
और उड़ेंगे गगन में आकाशदीप
पटाखों की तड़तड़ाहट से
गुंजायमान होंगी दिशाएँ
कुलिया, चकरी, आलूबम चलाकर
मूँद लेंगे अपने कान
मिठाइयों और ड्राइफ्रूट्स के पैकेट
बाँटे जायेंगे फ्लैटों-कॉलोनियों में
उसी के पीछे बस्ती में रहनेवाले बच्चे
फिर से दौड़ेंगे इन पटाखों के पीछे
झपटेंगे उन पर जो फुसफुसाकर रह गये
उलझेंगे आपस में
मोमबत्तियाँ लूटने के लिये
घरों के दरवाजे के आगे रखे दियों को
उठा ले जायेंगे आँख बचाकर
अपनी झोपड़ियों में सजाने के लिये
उनके घरों मे भी आयेगा पकवान
जो बच जायेगा इन कोठियों में दीवाली की रात
इसी उल्लास में वो दौड़ते हैं इन कोठियों की तरफ
कॉलोनियों के बच्चे
सजे होंगे नये कपड़ों में
पर वो तो वैसे ही हैं
सब दिन दीवाली है उनके लिए
वो टायर और कनस्तर पीटकर पटाखा बजाते हैं
ये दीवाली भी वैसी ही होगी
कॉलोनी के बच्चों के लिए भी
उनके लिए भी।

लाल बत्ती

लाल बत्ती पर
गाड़ी के रुकते ही वो
साफ करने लग जाती है
सामने के शीशे को
अपने गँदले और नन्हे हाथों से
साइड के शीशों को साफ करती हुई
देखती है अंदर बैठे साहबानों को
देखते हुए अनदेखा करते हैं
जैसे वह कोई हो ही नहीं
फिर भी खटखटाती है शीशों को
निहारती है बेबस आँखों से उस पार
जब तक पीछे के शीशे तक
पहुँचे उसके हाथ
हरी हो जाती हैं बत्तियाँ
चल पड़ती है कार और
वो दौड़ती है उसके पीछे
हाथ पसारे गेट पर थपथपाते
कोई दिलवाला फेंकता है चंद सिक्के
तो कोई बस मुस्कुराकर निकल लेता है
कुटिलता के साथ
उपहास करते उसकी बेबसी पर
और वो ठहर जाती है
करने लगती है इंतजार
फिर से लाल बत्ती होने का

तुम लाख कहो प्रिय!

तुम लाख कहो इस बार प्रिय
मै गा न सकूँगा वो गीत
जो ले आये तेरे अधरों पर मुस्कान
जो पहुँचाये हृदय में शांति
मै सुना न सकूँगा वो कहानियाँ
जिसको पढ़ते हुए
तुम खो जाती हो उस अथाह समंदर में
जहाँ हो रहा है मंथन
और तुम निकलती हो अपने हाथों में
विष-अमृत का प्याला लिये
मैं कर न सकूँगा वो नृत्य
जिसमें तुम बन जाओ मोर
और तेरे नाचने से आ जाये
बियाबान जंगल में भी बहार
और बरसने लगे चतुर्दिक घटा घनघोर
अंकुरित हो जाय मेरा मरुस्थल
मैं कह न सकूँगा वो मधुर वचन
जिसे सुनकर तुम झूम जाओ
और चंचल हो जायें तेरे मृगनयन
दग्ध कर दे तुम्हारा मर्मस्थल
तुम लाख कहो इस बार प्रिय
मैं ये कर न सकूँगा
धधकती ज्वाला से शीतल बयार ला न सकूँगा
तप्त रेगिस्तान में मरीचिका बना न सकूँगा
शांत सागर में सुनामी ला न सकूँगा
करुण हृदय से उल्लासपूर्ण गीत गा न सकूँगा।

मेरा चंद्रग्रहण

ये कुछ पल का ग्रहण
चकाचौंध-सी करती किरणों को
यूँ मद्धिम होते देखना
असहज करता है मुझे
शीतलता की आँच जो तपाती है
सौंदर्य की व्याकुल आहट
जो नींद को कभी आँखों में
आने से प्रतिबंधित करती है
खुद को यूँ अंधकार के आगोश में
सिमट जाने देने के लिये है विवश
कुछ पल के लिये ही सही
दुनिया मेरी डूब जाती है
पाताललोक की गहराइयों में
जहाँ शेषनाग फन काढ़े
समेटता है अपनी काया से
मैं विवश हो जाता हूँ
खुद को समर्पित करने के लिये
तभी प्रकाश की हल्की-सी रौशनी
बढ़ती है आशा का दामन फैलाये
और मैं लौट पड़ता हूँ
इस जीवन में अपनी प्राणवायु को फिर से समेटते हुए
शेषनाग अपना फण समेटते
खुद को छुपाता है अतल अंधकार में
और तुम फिर से उदीयमान होती हो
नयी सुबह, नवदिवस की भाँति
ये कुछ चंद्र का ग्रहण
सदियों-सा लगता है
सदियों के बाद लगता है चंद्रग्रहण

पर मेरा चंद्रग्रहण न जाने क्यों
बार-बार लगता है
बड़ी जल्दी लगता है।

गर्म साँसें

गर्म साँसें
यह महसूस कराती हैं
कि हम जिंदा हैं
जिंदगी की डोर हैं
आशाओं की छोर हैं
हम इसमें डूबकर भाव विभोर हैं
यह उत्तेजित करती हैं
गर्म साँसों में डूबकर बहती
जीवन नैया सृष्टि की पतवार चलाते
इनसे बनी भापों की धौंकनी में
खुद को झोंकती पार उतरती है
गर्म साँसों से ही जीवन आधार है
पानी की धार
बादलों की झंकार
बर्फ की चट्टानों पर सिसकती
जिंदगी की पुकार है
गर्म साँसों से प्राण वायु का संचार है
जीवन-ऊर्जा रक्त प्रवाहिनी
मनोमस्तिष्क को झंकृत करनेवाली
बाँसुरी की सुरीली तान है

शहर तुम्हारा

कुछ तो है इस शहर में
छोटा है पर दिल बड़ा रखता है
कभी दंगों की भाषा नहीं सुनता
अपराधियों को गोद में नहीं बिठाता
जंगल ही जंगल है यहाँ
पर जानवरों से भी प्यार करता है
नदियाँ-नहरें भी प्रवाहित होती हैं
हर शय से प्यार करता है
प्रकृति मानो गोद में बिठाये
बड़े लाड़ से इसे सहलाती है
जंगलों की आबोहवा
हवाएँ अपनी गोद में झूला झुलाती हैं
लोग शांतिप्रिय जानवर चंचल हैं
किसानों की सुनहरी मेहनत
दूर तक फैले खेतों में रंग दिखाती है
फिर भला तुम क्यों न हो
इन जंगलों की भाँति शांत बियाबान
जिसके अंदर उठती है भँवर
और डुबो देती है मुझे
छुपा लेती है मुझे शेर की माँद-सी
और मैं निकलता हूँ रातों में
वनराज-सा इठलाता हुआ
करता हूँ अपनी शेरनी से किलोल
तुम कुछ गुर्राती-सी मदमाती-सी
माँद में छुप जाती हो
और मैं तलाशता हूँ गुम हुए-से माँद को
तेरे शहर में।

बेबसी

हम अफसर हैं इंसान नहीं
दिल में हमारे जज्बात नहीं है
हम कठपुतली हैं सिर्फ
संविधान की शपथ लेकर
काम करनेवाले रोबोट हैं
गलत-सही बात हो पर
अपने विचार देना हमारा काम नहीं है
हम अफसर हैं इंसान नहीं
काम हमारा हुकुम बजाना
मुँह में हमारे जुबान नहीं है
आदेशों को लागू करें बस
विरोध की कलम में स्याही भरना
हमारे हाथ में नहीं है
अफसर हैं हम इंसान नहीं
बात-बात पर बात का झटका
कभी यहाँ तो कभी वहाँ पटका
भीष्म की भाँति बँधे कुर्सी से
हमारी अलग पहचान नहीं है
अफसर हैं हम इंसान नहीं।

काम दे दो

वह रोज अँधेरे मुँह उठ जाती है
और निकल जाती है
काम की तलाश में
 दूध भी शेष नहीं छातियों में उसकी
कल लायी थी जो गुड़ माँगकर
उसे घोल पिलाया था
रोटियाँ तो बड़ी खा गयी थी
खुद पानी पीकर काम चलाया है
कॉलोनी में दरवाजों के पास
आशा भरी नजरों से देखती है
शायद कोई उसे बुलाकर कहे
आज महरी नहीं आयी है
आओ कुछ काम कर दो
नहीं पता अंदर वालों को
उसके अंदर का हाल
उसके भूखे-नंगे बच्चों का हाल
एक दरवाजा खुलता है, वो लपकती है
तभी कानों में पड़ती है
बच्चे के रोने की आवाज
वो पलटकर दौड़ती है
अपनी झोपड़ी की ओर
फिर कदम ठिठकते हैं उसके
क्या देगी रोते बच्चे को
भीखमंगे! सुबह-सुबह
नींद खराब करने चले आते हैं
मालकिन, माँगती जरूर हूँ
पर भीख नहीं, काम।
कुछ काम दो, बदले में खाना।

उदार झोपड़ी में भविष्य रो रहा है
भूख लगी है, भूख लगी है।
और जननी हाथ फैलाये माँग रही है
काम दे दो, काम दे दो।

हमसफर

हमसफर मेरे गम न कर
ये दिन भी यूँ ही गुजर जायेंगे
जो खुशियों के दिन कभी ठहरे नहीं
आँखों में आँसू भी कब तक रह पायेंगे
तूने काटा है इससे भी कठिन समय
ये घने अँधेरे भी चुटकियों में बदल जायेंगे
ये जो दिन नहीं होते तो कैसे समझते
आती-जाती हैं खुशियाँ फिर आ जायेंगी
जिसने दिया है वही फिर से लायेगा
तेरी आँखों में हौसले जगमगाएँगे
काटी हैं हमने मिलकर पूनम की रातें
ये अमावस भी यूँ ही निकल जायेंगे
तू ही सम्बल है हम सबका
तू जो बिखरी तो फिर हम कहाँ जायेंगे
हमसफर मेरे गम न कर
दिन ये भी यूँ ही गुजर जायेंगे।

वो औरत

वो हफ्ते में एक बार जरूर आती है
ए बाबू! खाने को कुछ दे दो।
वह अब उससे चिढ़ने लगा है
वह देखकर उसे झल्ला जाता है
कोई है इसे भगाओ यहाँ से!
वो ढीठ बनी बैठ जाती है
वहीं उसके पैरों के पास
कभी पैरों को पकड़ लेती है
ऐ बाबू! कुछ पैसे दे दो।
हड़बड़ी में कभी पाकेट से
निकालकर कुछ दे भी देता है
कभी डाँटता है जोरों से
थाने में खबर कर दूँगा
डण्डे से पिटवाऊँगा, भाग जाओ
वो जाती नहीं है
उसे पता है कि ऐसा कुछ नहीं होगा
साहब डाँटेंगे पर पैसा मिल जायेगा
उसने हजारों साहब देखे हैं
कई अच्छी-बुरी नजरें देखी हैं
कइयों को हाथ पकड़ते देखा है
कईयोंको पाँव छुड़ाते देखा है
कुछ सिर्फ नसीहत देते हैं
कई सच्ची हमदर्दी भी जताते हैं
पर कोई काम नहीं देता
ये लो दस रुपये फिर मत आना
अब आयी तो जेल में डलवा दूँगा
भीख माँगना अपराध है
पर उसे मालूम है

अगले हफ्ते वो फिर आयेगी
और वह फिर झल्लाएगा, फटकारेगा
जाते वक्त दस रुपये थमा देगा
वह भी भीख नहीं देता
कर्ज उतारता है इस मिट्टी का, समाज का।

मुसाफिर

मुसाफिर हूँ दोस्तों
मिलते हैं रोज नये हमराही सफर में
गुजरता है वक्त अच्छी-बुरी
याद दिलों में बसाये
बिछड़ जाता हूँ रोजाना
जिंदगी के सफर में
कितने मिले बिछड़े याद नहीं
कुछ हँसाकर गये
सुनहरी यादें पलकों मे देकर
कुछ टीस देकर गये
कुछ रुलाकर चले गये
जिनको जल्दी थी सफर पूरा करने की
खालीपन को यूँ ही
गुफ्तगू से भुलाया करता हूँ
चले चलना नियति है अपनी
रुककर इंतजार करना बस में नहीं
दौड़कर पकड़ना भी मुमकिन नहीं
पल-पल का लुत्फ उठाते चलते रहना
हमसफर को साथ लेकर चलना
खुशनसीबी होगी अपनी
सफर थमने तक।

अनंत व्योम की ओर

मन की उड़ान
इसमें ठहराव नहीं होता
कल्पनाओं के विमान पर सवार
अनंत व्योम की ओर
दिशाओं की सीमाओं को चीरते
बढ़ती है मन की उड़ान
दमित वासनाओं की चाह
अतृप्त कामनाओं की तलाश
इच्छाओं के पंख लगाकर
भागती है मन की उड़ान
कोई ओर नहीं कोई छोर नहीं
कहाँ जाना है पता नहीं
बेलगाम, मदमस्त हाथी के समान
दौड़ती है मन की उड़ान

ख्वाबों की बंदिशें

ख्वाबों की अजीब-सी
बंदिशों ने घेर रखा है
उड़ना चाहता है बेलौस बेपरवाह
अक्सर देखा करता हूँ
उड़ते हुए खुद को
बिना पर, बिना किसी सहारे के
अनजान पथ पर निरुद्देश्य
अक्सर गुम हो जाता हूँ
अनजान रास्तों में
जो दिखती हैं ऊपर से
सपाट, निर्जीव और सफेद
ऊँचाइयों से डरता है मन
वजन खो देना डराता है
और नीचे गिरना भी
ऊँची बिल्डिंगों से नीचे देखने में
पलकें बंद हो जाती हैं
खुद-ब-खुद।
ख्वाब ऐसे ही होते हैं
जो उड़ना चाहूँ तो उड़ न पाऊँ
बीच आकाश में त्रिशंकु की तरह
लटककर रह न जाऊँ
ख्वाब में भी अधूरे होते ख्वाब
बंदिशों की डोर
हर पल है पीछा करती
धरती हो या उन्मुक्त गगन।

रिश्ते

दूरियाँ छुरी सरीखी ही होती हैं
जो गिरती है निर्ममता से रिश्तों पर
और भूलने लगते हैं वे बंधन
जो कभी उन्हें अलग नहीं होने देते थे
दूरियाँ कब बन जाती हैं छुरियाँ
और चीर देती हैं नश्तर-सा आर-पार
हमें पता भी नहीं चलता है।
जब एहसास दिल को होता है
वे दूरियाँ फिर सिमट नहीं पाती हैं
और हम रह जाते हैं अकेले
अपने में सिमटे हुए

सब बरकरार है

सिमटते सर्दी के मौसम में तपिश
हाथों में नहीं दिलों में बरकरार है।
होठों की कँपकपाहट के बीच
जुबानों की जंग बरकरार है।
शब्दों में नीचता की हद खत्म है
बंद कमरों में ग़लतफमी बरकरार है।
मौसम भी इनकी जुबानी गर्मी देख
खुश्क-सी ठण्ड के साथ बरकरार है।
जलती अलाव अब तपिश नहीं देती
दिलों की दूरियाँ यूँ ही बरकरार हैं।

ऊँची उड़ान

हवाओं में हम हल्के हो जाते हैं
गुरुत्व खो जाता है हमारा
जितना ऊपर जाते हैं
जमीन पीछे रह जाती है
जहाँ हम जन्म लेते हैं
वह गोद भी वहीं है
जमीन के साथ है जमीर भी
आपकी अच्छाइयाँ भी
लोगों को जानने-समझने का सलीका
दर्द को अपना बनाने की सलाहियत भी
जब तलक हमारे पाँव होते हैं जमीन पर
वजन होता है व्यक्तित्व में
बोलचाल, चाल-ढाल में
जमीन भार डालता है हम पर
हम नीचे झुकते हैं
धरती हमें अपनी ओर खींचती है
जोड़े रहना चाहती है खुद से
उसे प्रेम है हमसे
शायद ऊपर उड़ने के खतरे से भिज्ञ भी
हम दूर भागना चाहते हैं
हमेशा ऊपर उठना चाहते हैं
हवाओं में तैरना चाहते हैं
गुब्बारे पर बैठकर उड़ने की मशक्क़त
सबकुछ छोड़कर उड़ने की चाहत
पर कहाँ तक पता नहीं
अनंत व्योम दिशाहीन उड़ान
सब पीछे छूट जाता है
यह धरती, अपना जमीर, अपने लोग

यहाँ तक कि इंसानियत भी
इंसानियत इंसान की तरह हल्की नहीं होती
वह उड़ नहीं सकती
ऊँचे उठने पर सब छूटता जाता है
वहाँ ऊँचाई पर हम अकेले होते हैं
और ऊपर जा भी नहीं सकते
ईश्वर के पास जाने के लिये भी
नीचे आना होता है।

यादें

तुम्हारी यादों के पास पहुँचकर
अक्सर गुम हो जाया करता हूँ मैं
पहले मैं खुद को तलाशता हूँ
फिर तुम्हें छूने की कशमकश में
अपनी डोर लिये हाथों में
पतंग को अनंत व्योम में
उतराते-डूबते बस निहारा करता हूँ
तुम्हारी यादों के छलावे
न तो पास आते हैं न दूर जाते हैं
मै ठिठककर सिर्फ सुगंध को
भर लेना चाहता हूँ अपने रंध्रों में
वो बस मुँह चिढ़ाकर
दूर से निकल जाती है
यादें हाथ नहीं आर्तीं
बस सपने दिखाकर रुलाती हैं
मै दौड़ता हूँ व्याकुल मृग-सा
इस निर्जन-निर्जल वन में
मरीचिका मुझे बारम्बार लुभाती है
मै विवश निढाल फँसा अपने भँवर में
खुद को उबरने की आस छोड़े
तलाशता हूँ अपने अंतर्मन में
उस टूटे हुए धागे को
जो जोड़ती है मुझे तुमसे
तेरी यादों से
शायद वही एक सहारा है
जो तुझे गुम होने से रोके
मुझे गुम होने से बचाये

कलंक

समंदर की रेत पर औंधे मुँह गिरे
उस छोटे-से बच्चे को देखो
जो मानवीय हिंसा में
काल के कपाल पर लिखी गयी
भविष्य की हत्या है
वह एक हाड़-मांस का पुतला नहीं
एक बीज था
जिससे निर्मित होनेवाला था
एक परिवार
एक गाँव, एक समाज
वो बड़ा होकर करनेवाला था
अपना योगदान
समाज के विकास में
इंसानियत के प्रसार में
देखो! वहाँ औंधे मुँह पड़ी हुई है
उन झाड़ियों के पीछे
इक और घिनौने कुकृत्य की निशानी
वो बच्ची जिसने कुछ दिन पहले ही
छोड़ा है माँ का दूध
टूटे नहीं है खुद दूध के दांत
टुकड़ों में बिखरी पड़ी है
नरपिशाच हवसी का शिकार बनकर
इंसानियत को शर्मसार करनेवाला क्षण
मानवता को कलंकित करनेवाला पल
ये भी मानव के भविष्य का अंत है
शुरू हो रही है फिर से
इंसान के जानवर बनने की प्रक्रिया

जख्म

हम नहीं चाहते
कुरेदे कोई मेरे जख्म इस तरह
कोई जिक्र करे
उन बीते हुए बरसों की
जो गुजारे हैं हमने
तेरी यादों को मिटाने की कोशिश में
वो तेरा मुझे किसी काबिल नहीं
बताकर चले जाना
मेरे अस्तित्व को शून्य कर गया
गुम होता रहा हूँ मैं
खुद को तलाशने में
मिल जाती थी तुम हर मोड़ पर
यह याद दिलाने के लिये
पकड़कर ऊंगलियाँ तेरी
चल पड़ता था
अनजानी राहों पर
अनचाहे रास्तों पर
गुम तो शायद तब भी था
गुम शायद अब भी हूँ
उन राहों पर गिरती
ओस की बूँदें
मरहम लगाती थी
उन रिसते जख्मों पर
वही यादें जख्म भी देती हैं
वही मरहम भी लगाती हैं।

ईश्वर की वरदान हैं बेटियाँ

तू नटखट-सी है
कुछ चुलबुली पर प्यारी-सी
सताती है तेरी बदमाशियाँ हमें
रुलाती है निश्छल मुस्कान हमें
दीदी से हर पल झगड़ना
पर उसके बिना इक पल भी न रहना
छोटे को छेड़ना सताना फिर रुलाना
पर पल में ही गोद में उठाकर मनाना
गुस्सायी मम्मी को प्यार से मनाना
किसी का कष्ट बर्दाश्त नहीं है तुझे
रो पड़ती है उस पल आँखें तेरी
बीमार पड़ने पर मेरे
खयाल रखती है इक माँ की तरह
घर में हरदम चहचहानेवाली
सताता है एक पल भी न बोलना तेरा
अकेले में मस्ती करना
खुद से ही खुद खेलते रहना
सजना-सँवरना और दुल्हन बन जाना
अकेले मे टीचर बन बच्चों को पढ़ाना
कभी खेलना गुड़ियों के साथ
कभी आलसीपन दिखा देना
पापा सबसे ज्यादा प्यार करते हैं मुझे
हर पल सबको सुनाना तेरा
मै सोचता हूँ तुझको प्यार करके
ईश्वर को प्यार करता हूँ मैं
खुद को ही प्यार करता हूँ मैं।

बस यूँ ही

बस यूँ ही लिखना था
इस नामाकूल के लिए
बिखरती गयी स्याही
फैलती गयी चंद हर्फ़ों की तरह
चरचे सबकी अपनी-अपनी
चाहत भी अलग है
कवायदों के इस दौर में
मंसूबों की फितरत और है
वो चाहे न चाहे
आ जाती है जुबाँ पे हसरत
जाहिराना मशक्कत कुछ भी हो
पर अंदाजे बयाँ कुछ और है
अभी और उड़ेंगे पर्चे गलियों में
अभी और हंगामा ए महफिल होगा
चंद रातों का फासला बचा है अभी
देखना अंजामे शहर कुछ और होगा
इस तरह जज्बाती दरिया में
बहेंगे रोज कातिलों के खूँ के निशान
रोज धोनेवालों के चेहरे
चमक उठेंगे सुर्ख आईने की तरह
हम भी यहीं होंगे
तुम भी भला कहाँ जाओगे
मिल-बैठकर जलायेंगे इस गुलिस्ताँ को
श्मशान मे उठती चिंगारी की तरह

ये जमाना और है

वो फसाने कोई और थे
वो बहाने भी कोई और थे
जब तेरी खिड़की के नीचे
बेवजह साइकिल की घण्टी बजाते
वो जमाने भी और थे
बंद किताबों मे सूखे पत्तों से सजे
सुर्ख गुलाबों से छिपा था तेरा नाम
वो तराने और थे
कभी तेरी गलियों मे आते-जाते
कभी स्कूल के बाहर नीम तले
इक नजर देख लेने की हसरत लिये
वो राँझणे कोई और थे
आज सफेद गलमुच्छों के बीच
तेरी यादों की झोली पलट गयी
बिखरी-बिखरी सी दास्तान
ये जमाना कुछ और है
ये जमाना कुछ और है।

तुमही पे खतम

तुम्हीं से शुरू तुम्हीं से खत्म ,
सुबहो शाम और सुख-दुःख
हर फसाने का अंत तुम हो
हर बात तुमपे आके खत्म होनी है
यूँ कहूँ कि तुम सूरज हो
जिसके चारों ओर घूमते हैं इनके ग्रह
तुझसे मिलती है रौशनी कुछ देखने की
ऊर्जा, कुछ करने की
तुम हो तो इनका वजूद है
तुम न हो तो कुछ भी नहीं
हर हार का ठीकरा तुम पर है
हर जीत में निकाली गयी खोट तुम हो
चारों पहर तेरा ही नाम है
इसके सिवा न और कोई काम है
यूँ ही तुम, तुम बने रहना
न जाने कितनों का आधार तुम हो

उम्मीदों की लहर

साहिलों पर दम तोड़ती है अक्सर
उम्मीदों की वो लहर
जो दिलाती है एहसास
उनको अपनी हद रहने का
सिखाती है हुनर
दायरे में बहने का
उच्छृंखल होकर उछलती-कूदती
अपने जोश मे बड़े-बड़े पत्थरों से
टकराती, मचलती, मसलती
बेपरवाह पानी की लहरें
सिर्फ आगे बढ़ती हैं
सिर्फ नीचे बहती हैं
हौसलों की उड़ान के पर कतरती हैं
साहिलों के बंद दरवाजे
प्यार से सहलाती हैं इनको
इनके साथ बहने वाले पत्थरों
मिट्टी-बालू को ओढ़ लेती है
फिर हल्के प्यार से पुचकारकर
वापस कर देती हैं गहराइयों में
नदियाँ सिखाती हैं हमें
हरदम बहते रहना
स्वच्छ और निर्मल बने रहना
फिर खुद को विशाल समुद्र में
समाहित कर लेना
ये जीवन है
जीवनशैली भी यही है।

बिछड़े हुए चेहरे

अब भी मचल क्यों जाता है
उन गलियों की सोचकर
जिनमे करते थे कभी धमाचौकड़ी
खेलते थे लुकाछिपी
उन बाँस के हौदों में
जहाँ लगे थे बिढ़नियों के छत्ते
काटने का भय नहीं
सिर्फ जीतने का जज्बा
यही थे वो मचान जिन पर बैठकर
करते थे आमों की रखवाली
जामुन खाकर रंगीन जीभ को दिखाना
वो बैलगाड़ी के पीछे लटककर चलना
गन्ने के खेतों से गन्ने चुराना
इन खेतों में खेलते थे
वो कपड़े या स्पंज के गेंदों से
पिट्टो खेलना या क्रिकेट
सरपट गुजर रहा है आँखों में
वो बीते हुए पल
वो बिछड़े हुए चेहरे।

चन्द लम्हों का प्यार

तेज-तेज गिरती बूँदें
सुनसान काली सड़क को भिगोती जा रही है
नर्म-नर्म साँसों-सा धुआँ
भाप बनकर खुद को इनसे अलग कर रहे हैं
इन सड़कों पर पानी ठहरता नहीं
जितनी तेजी से इसे चूमती है,
आगोश में लेती है
उतनी ही तेजी से फिर नीचे
घाटियों की ओर दौड़ने लगती है
यही चंद लम्हों का प्यार है इनका
कुछ टूटे-फूटे कोटरों में
गीलापन अटक भी जाता है
पर वो प्यास नहीं बुझाती
बल्कि बढ़ा देती है ज्वाला
घने बादल छँटते ही ये फिर से प्यासी हो जाती हैं
सैलाब तो घाटियों में आता है
प्यार का और पानी का
जहाँ गहराई है,
सबकुछ समा लेने की हैसियत है
और जुनून भी
इन सड़को पर उथलापन है
छिछले हैं ये
ये प्यासे ही रहेंगे
हमेशा...

बवण्डर

बारिशों के मौसम में भी
रह गये सूखे अंतर्मन
बिजलियों की कड़कती आवाज भी
स्पंदित न कर पाये उसे
दोनों अलग-अलग खिडकियों से
देखते रहे बारिश की बूँदों को
कंपकपाते रहे होंठ
एक-दूसरे के कहने को
सिहरन-सी उभरी थी दोनों के बदन में
याद तो आयी थी दोनों को
वो मौसम की पहली बारिश
और पहाड़ों की ढलती शाम
जिसमे डूब रहा था सूरज और पहाड़
अंदर डूब रहे थे दो जिसमें के समंदर
यही वो बारिश थी जिसमे खिले थे फूल
महका था आँगन किलकारियों से
हाँ वो बारिश ही थी,
जिसमे कड़की थीं बिजलियाँ
और सूख गया था उसकी छाती का दूध
बंजर रेगिस्तान बन गया था वो जीवन
मन में फिर हरियाली नही छायी
उसके बाद मानो बारिश न आयी
आज भी बूँदे गिरती रहीं बाहर
अंदर धूल उड़ती रही
इक तूफ़ान-सा मचल रहा था दोनों ओर
बवण्डर की तरह।

मानसून

चिपचिपाती गर्मी में भी
तलाशते रहे हम बूँदो की आहट
न बारिश आयी न तुम आये
हमें एहसास न था तुम दोगी धोखा
मानसून की तरह
कभी बिन बताये बरस जाती हो
कभी महीनों तरसाती हो
कड़कती बिजलियों मे चमकती-सी
धुआँधार बरसती हो
कभी रिमझिम बारिश में टपकती बूँदो-सी
कभी बादलों की ओट से झाँकती
झलक दिखला चली जाती हो
अलनिनो इधर भी है और उधर भी है
दबाव इधर भी है और उधर भी
पुरबिया बहार लेकर आता है संदेश तेरा
तू आयेगी पर तू न आयी
असफल हो जाता है अनुमान तेरा
मौसम विभाग की तरह
चेरापूँजी खूब नहाया है इस साल भी
हम भी नहाये हैं पर तेरे इंतजार में
बदन पर पसीने की बूँदा को समेटे
भारतीय खेती की तरह हो गया है
मेरा प्यार भी।

नियति की ओर बढ़ते कदम

जिस किसी भी पल
तुमने सोची होगी
नींव डालने की
वो पल अद्भुत रहा होगा
अप्रतिम अद्वितीय विलक्षण
मानव का कैरीकेचर
क्या थी तेरी प्लानिंग
क्या खींचा था खाका
क्या देखे थे सपने
आज तुम सपने भी देखते होगे
इसकी नजर से
सोचते भी होगे उसकी सोच से
असीमित अप्रतिबंधित सोच
हर पल एक नयी खोज
जो तेरी ही है रचना
भविष्य
तेरे हाथों से रचित
नियति की ओर बढते
उसके कदम
अनियंत्रित, उच्छृँखल बेपरवाह
जिस पल अंत सोचा होगा
वो भी अद्भुत होगा
आदि अनादि अनामय तुम
अविचल अविनाशी
शेष नश्वर, क्षणिक और नियंत्रित
तेरे हाथों में

जिजीविषा

दरख्तों के बीच
झाँकती वो मद्धम-सी रोशनी उम्मीद जगाती है।
एहसास कबसे है मुझे तेरे जाने का
कोई अनसुनी-सी आहट
चुपके से आकर कानों मे सनसनाती है।
सर्द आँखों में
तेरी बुझी-बुझी सी हँसी उम्मीद जगाती है।
ये तो जिजीविषा ही है
उस बुझते दिये की
जो आखिरी साँस तलक रौशनी फैलाती है।
आस नहीं छोड़ेंगे
हार नहीं मानेंगे
लड़ेंगे किस्मत से ये हौसला बढ़ाती है।
शायद साथ न हो दिन ढलने तलक
रुक-रुककर हिचकियाँ आती हैं।
जिन पपड़ी-से सूखे होठों से
मुस्कान लरजते थे,
सुरमई अँखियों में
हसीन सपनों की नदियाँ बहती थीं।
सब सूख गये,
सब बह गये
आँधियाँ ऐसी चलती हैं।
फिर से दरख्तों के बीच
झाँकती वो मद्धम-सी रोशनी उम्मीद जगाती है।
सर्द आँखों में
बुझी-बुझी सी हँसी उम्मीद जगाती है।

जब याद हमें वो आते है

जब कभी हम
किसी से जुदा होते हैं
वो एक खूबसूरत पल होता है
उन लम्हों की कसक
अगर नहीं होती
तो मिलने की खुशी भी न होती
अच्छी बुरी यादें
सिर्फ पलकों पर जीती हैं
सिर्फ पलकों में मचलती हैं
सिर्फ पलकों से निकलती हैं
और गीला कर जाती हैं
तन और मन।
वो लम्हा हसीन होता है
खलबली मचाती है
हृदय के वीराने में
जब याद हमें वो आते हैं
वो ईश्वर बन जाते हैं
शफ्फाक, श्वेत ,धवल, बेदाग
कोई गिला नहीं कोई शिकवा नहीं
सिर्फ अच्छी यादें
जिनके सहारे हम पाते हैं
स्वयं को मजबूत, दृढ़ और सशक्त
उन यादों की जाली में
बुराइयाँ छन जाती हैं
साथ आते हैं
सिर्फ खूबसूरत पल
वो हसीन लम्हे
वो यादगार क्षण

जो हँसाते हैं, गुदगुदाते हैं
रुलाते हैं, पर जिंदा रखते हैं
देते हैं जीने का जज्बा
और पुनर्मिलन का हौसला।

इंतजार

वो अब भी
उस मोड़ पर खड़ी है
हर आने-जाने वाले शख्स का
चेहरा निहारती है
शायद कुछ तलाशती है।
लगता है उसे
कोई रुकेगा उसके पास
और देगा संदेशा
देगा कोई चिट्ठी
करेगा कुछ बातें
उसके पापा की।
कई साल बीत गये
माँ की सूनी आँखें
दरवाजा टटोलती हैं
गीली-सूखी होतीं
कभी गीली-गीली होतीं
दरवाजे से आगे बढ़कर
वो मोड़ पे करती है
इंतजार
शायद कभी खत्म न हो
इक आस है
जो टूटती नहीं
माँ को भरोसा है
इक दिन वो लौटेंगे
जब तक वो मोड़ पे होती
माँ करती उसका इंतजार
पापा की तरह
वो भी न चली जाये

उस पल माँ
उसके पापा का गम भूल जाती
इस क्षण के लिये
इस पल के लिये
वो करती है इंतजार
उस मोड़ पर पापा का

भीगे जज्बात

सीने मे दबी आग
भभककर, दहककर
खत्म न हो सकी
जख्म गहरा कर गयी
वो बातें
कह न सका था जिसे
वो कैद होकर रह गयी
सीने में
उलझकर रह गयीं
जज्बात में
सिसक-सिसककर
घुट-घुटकर रह गयी
वो चली गयी
बिना कुछ सुने बिना कुछ जाने
न दर्द जाना
न खुशी देखी
न मचलता तूफान देखा
न भीगे जज्बात देखे
वो अनकही बातें
अब भी शांत और तंग रातों में
कानों में गूँजती है
छटपटाती है मचलती है
होठों तक नहीं आती
अंगार बनकर
जलाती है, दहकती है
छेदती है सीने में
गहरा करती है
जख्म।

अस्तित्व

ईश्वर ने हमें बनाया
या हमने ईश्वर को!
वो पहला
खुशनसीब होगा
जिसने देखी होगी उसकी ताकत
एहसास किया होगा
उसका अस्तित्व।
उस पल
ईश्वर भी धन्य हुआ होगा
देखकर अपनी कृति
अपनी रचना
जो उसे होने का
एहसास दिलाया होगा।
ईश्वर है तो हम हैं
हम हैं तो वो है
वरना कौन जानता उसे
पहचानता उसे
मानता उसे
उसे अपने होने का एहसास है
हमें उसके होने आभास है
हमारा अस्तित्व कुछ भी नहीं
उसके बिना
उसका तो है ही नहीं
सिर्फ एहसास है
महसूस करते हैं
जहाँ और जिस क्षण
हम लाचार और अस्तित्वहीन होते हैं
उस पल वो अस्तित्व हीन

हमें दिखाता है
अपना अस्तित्व
और उस पल उस क्षण के लिये
हम इंतजार करते हैं
सारी जिंदगी
अपने मरने तलक

नन्ही चिड़िया

अपने नन्हे से चोंच में
तिनका सँभाले
उड़ती जाती है
बैठती है उस पीपल के पेड़ पर
जहाँ बनाना है
उसे एक आशियाना
तिनका दर तिनका
बटोरती, सँभालती, सजाती
सुई-सी पतली चोंच से
सीलती, बाँधती, गाँठें लगाती
बीच-बीच में
मजबूती को जाँचती-परखती
आँधियाँ उड़ा न ले जायें
उसके आशियाने को
कई घरौंदे उजड़ते देखे हैं
कई घोंसले टूटते देखा है
उसे एहसास है
आने वाले नये मेहमान का
उसे एहसास है उस काले तूफान का
आकाश में काले घुमड़ते बादलों का
नन्ही जान को भीगने से बचाना है
नये मेहमान को दुनिया की
बुरी नजरों से बचाना है
साथी साथ है तो क्या डर है
मिलकर बोझ उठाना है
नवजीवन को दुनिया में लाने को
सुरक्षित अपने घोंसले की तलाश मे
नन्ही-सी जान

तिनका-तिनका बटोरती है
अपना आशियाना बनाने को
नन्हे पँखो से मीलों चलती है
वो पीपल का पेड़
अब भी वहीं खड़ा है जिसने देखे हैं आशियानों को
बनते-बिगड़ते
परिवारों को जन्मते मरते
नन्ही चिड़िया के
कई पीढ़ियों को इस तरह आते-जाते
वो यही करती आयी है
यही करती जायेगी
यही करती जायेगी।

बिटिया बोझ नही

छोटी-सी नन्ही-सी प्यारी-सी
इक लड़की
करती है इंतजार
मंदिर की सीढ़ियों पर
बार-बार निहारती है
उस ओर में
जिधर उसके बापू छोड़कर गये
कई घण्टे बीत गये
आँखें थक रही हैं
दिल बैठा जा रहा है
घर जाने का रास्ता नहीं जानती
गाँव का पता नहीं जानती
बापू को बापू नाम से ही जानती
कैसे घर जायेगी
कैसे अम्मा के पास जायेगी
कैसे छोटू के साथ फिर से खेलेगी
सब कुछ नजरों में तैर रही है
बापू शायद अब नहीं आयेंगे
बेटियाँ बोझ होती हैं
बड़की दाई बार-बार कहती है
क्या बापू ने बोझ उतार दिया
क्या अम्मा ने बोझ उतार दिया
नयनों से बहते अविरल धारा
बहा देगी उस मंदिर को
मंदिर बनाने वाले समाज को
समाज बनाने बोझी उस सोच को
जो कहती है
बेटियाँ बोझ होती हैं

वो इंतजार कर रही है अभी भी
अपने बापू की
काश! सोच बदल जाये
फिर अँगुलियाँ पकड़े
वो घर की ओर लौट जाये
जहाँ अम्मा है और छोटू है
और बड़की दाई भी।

वो नन्ही-सी जान

वो नन्ही परी-सी

फूलों की पंखुड़ी-सी कोमल

रुई के फाहों से लिपटी

यूँ छुईमुई-सी लगती

जैसे छू दिया तो कुम्हला जायेगी

अपने सख़्त हाथों में

छूने से डर लगता है

मरमरी-सी, गुजगुजाती

फिसल न जाये डर लगता है

रुई के फाहों-सी बिखर जायेगी

अधमुँदी आँखों में हँसती, मुस्कुराती

कभी खिलखिलाती

कभी रो भी देती है

कहते हैं भगवान से बातें करती है

इस दुनिया की बातों को

उन्हें सुनाकर हँसती है

ईश्वर उसे डराकर रुला भी देते हैं

सपनों में भी सपने देखती होगी

पर हमारे सपने तो सच हो गये

किसी जीवन को अपने हाथों में

जन्मते, पलते-संवरते, सजते देख

गर्व की अनुभूति होती है

वो नन्ही-सी जान

हमसे जन्म लेकर

हमें जन्म देती है

हमें माता-पिता बनाती है

जाड़े की सुबह

जाड़े की सुबह
अलसायी-सी सुबह
मदमाती-सी सुबह
सर्द रातों की खुमारी
अपनी बाँहों में समेटे
जब नींद से जागती है
गहरा घना कुहासा
धुंध और काले कुहरे के बीच
दूर कहीं से लाल गोले-सा दिखता
अरुणिमा के सूर्य का इंतजार
गर्म चाय की चुस्कियों का तलबगार
झोपड़ी में जलते अलाव
महलों में जलते हीटर
इनके बीच फासले मिटाती सुबह
कँपकपाते जिस्म
हड्डियों को चीरकर हाड़ हिलाती ठण्ढ
कहीं कोने में दुबके लोग
फटी चिथरी रजाईयों, कम्बलों में
खुद को लपेटे सिमटे लोग
उसी दड़बे मे ठण्ढ से बिलबिलाते
कुत्तों की कुनमुनाहट से आँखें खुलती
सर्दी के रातें लम्बी होती हैं
सपने भी लम्बे होते हैं
दिन छोटे होते हैं
सपना पूरा करने के लिये
जाड़े की सुबह वक्त देती है
उन सपनों के बारे में सोचने के लिये
गर्म चाय की चुस्की

तरोताजा करती है विचारों को
अलसाये जिस्म को
दबे-छुपे मनोभावों को
सर्द रातों मे कुन्द हुए जज्बात को
दिन कब गुजरता है पता नहीं
रात होती है फिर से सुबह लाने को
वही सर्दी की सुबह
कँपकपायी-सी, अलसायी-सी
मदमाती-सी

वादों का मौसम

आया फिर वादों का मौसम
नये सपने दिखाने का मौसम
हम बढ़िया दूसरा घटिया
राग वही सुनाने का मौसम
गाँव-गाँव में अलख जगेगी
उजले कुर्तों मे धूल सनेगी
धर्मों की उबलती चाशनी में
जातियों की जिलेबियाँ छनेंगी
पाँच साल मे किये निवेश का
अब आया भुनाने का मौसम
पंचवर्षीय लोकतंत्र का राजा
गाँव-गाँव मे बजाता है बाजा
ऊँट आता है पहाड़ के नीचे
घोषणा करता फिर कोई ताजा
सहेजी हुई झाँसों की पोटली
आया फिर खोलने का मौसम
नया समाज बनायेंगे
तरक्की खूब करायेंगे
अब तक जो पूरा कर न पाया
उसे पूरा करवायेंगे
एक बार फिर मौका दे दो
आया फिर भरमाने का मौसम
वादे तो वादे ही हैं
सपने तो सपने ही हैं
सत्तर साल हुए धोखा खाते
नेता तो नेता ही है
वो सुधरे न हम सुधरे
न आया सुधरने का मौसम

आया फिर वादों का मौसम
नये सपने दिखाने का मौसम

पत्थर के जंगल

पत्थरों के जंगल हों या
पेड़ों के जंगल
हर जगह जानवर होते हैं
शिकार करते हैं सभी
कोई भेड़ियों की तरह छुपकर
तो कोई बाघ की तरह।
बाघ तो कम हो रहे हैं
सामने से वार करनेवाले
संरक्षण के लिये रिजर्व बन रहे हैं
भेड़ियों का रिजर्व नहीं होता
ये बहुतायत में पाये जाते हैं
पेड़ों के जंगल से निकलकर
आदमी गाँवों मे गया था
फिर जानवर बन गया है
पत्थरों के जंगल में।
जानवरों से ही जंगल बनते हैं
पहले पेड़ों और झाड़ियों के बने थे
अब बन रहे हैं पत्थरों के
यहाँ इंसान नहीं बसते
बसते हैं अनजान चेहरे
चेहरों के ऊपर मुखौटे
और उनके भीतर जानवर
जिसे जब मौका मिले नोच ले मांस
और चबा डाले हड्डियाँ
इससे भला तो वो
पहले वाला जंगल है
जहाँ हैं कुछ नियम कुछ कानून
आदमी पहले नंगा था, अच्छा था

पत्थरों के जंगल मे तन पर कपड़े हैं
पर मन तो बस नंगा ही है..।

जज़्बात

जज़्बात अपनी
तस्वीरों मे बयाँ कर जाते हैं
हाथों से उकेरते हैं
कभी पलकों पर सजाते हैं
कभी दिल में छुपाते हैं
पलों मे सँजोते हैं
तस्वीरें
ये दिल की आवाज है
जो निःशब्द है
ये बोलती हैं
पर आवाज नहीं आती
वो सुनते हैं मगर
कानों से नहीं, नज़रों से
सीधे दिल में उतर जाती है
जज़्बात उसके
छू जाते हैं अंतस्थल के मर्म
कह देती हैं सारी बातें
कही अनकही
फैला दिया है
खुद को आइने की तरह
रंगो की शक्ल में
कोरे कैनवास पर
जज़्बात बिखरे हैं
मोती की शक्ल में यहाँ
चुनने वाले चुन लेते हैं
टँग जाती है फिर
कभी किसी के दीवारों पर
कभी किसी के अंतस में

नदियाँ

सभी सोते नदी नहीं बन पाते
सिर्फ वही
जो चलती है स्थिर भाव से
समेटती चलती है
छोटी-छोटी धाराओं को
अपनी गम्भीरता बनाये रखती है
अपनी गहराई बनाये रखती है
उछलती-उफनाती नहीं
बरसात में
बिखरने नहीं देती कभी
अपनी धाराओं को
एक लक्ष्य की पूर्ति हेतु बहती चलती है
जिस दिन गहराई छोड़कर वो
फैलाव बढ़ा लेगी
दफन हो जायेगी रेगिस्तान में
बिखर जायेगी नालों की तरह
कविता-कहानियाँ भी
नदियाँ सरीखी हैं
जहाँ बिखर गयीं वो मिट गयीं
जो अपनी गहराई थामे
आगे बढ़ती रही
मिल जाती है अथाह सागर में
लोकप्रियता और प्रशंसा की..।

मुलाजिम

शायद सरकारी मुलाजिम है
वह बेरोजगार-सा दिखता है
कोई काम करता-सा नहीं दिखता है
पर चेहरे पर नहीं है उदासी
कोई शिकन नहीं
कोई परवाह नहीं
अलमस्त जीता है जिंदगी
खरचता है खूब पैसा
मुँहमाँगी मुराद पूरी करता है
अपनी पत्नी की
अपने बच्चों की
कभी कहीं जाते नहीं देखा
कुछ काम करते नहीं देखा
कभी जाते भी दिखा तो यूँ
जैसे छुट्टियाँ बिताने जा रहा हो
कहाँ से लाता है पैसे
कौन-सा कुबेर का खजाना है
किस बिजनेस का मालिक है
कहीं चोरी-डकैती तो नहीं करता
दिखता तो है शरीफ-सा
शायद सरकारी मुलाजिमी कर रहा है।
बने रहो पगला काम करेगा अगला
इसी सूत्र वाक्य को बाइबिल माना है
घर बैठकर समय बिताया है
सिर्फ वेतन लेने के लिये
हाजिरी लगाया है।

मैं जिंदा हूँ

मैं जिंदा हूँ
क्योंकि मै टीवी पर न्यूज नहीं देखता
रोज सुबह-सुबह
हत्या बलात्कार की खबर नहीं सुनता
मैं सुकून में हूँ
क्योंकि प्राइम टाइम
और बिना टाइम कुटाइम
बेसिर पैर के पैनलों की बहस नहीं सुनता
टीकाधारी, टोपीधारी विद्वानों की
चिल्लाती, उद्वेलित करती
ऊटपटाँग बातों को नहीं सुनता
मैं चैन से सोता हूँ
क्योंकि चीन,पाकिस्तान वाली
भड़काने, डराने, उकसाने वाली
रिपोर्टिंग, विश्लेषण नहीं सुनता
मैं किसी वाद से नहीं जुड़ा हूँ
क्योंकि भक्तिरस, आजाद रस
विद्रोह रस, अंध आलोचना रस का
स्वादन या चक्षु श्रवण नहीं करता
मै बिलावजह बहस नहीं करता हूँ
क्योंकि सांसदों विधायकों के
राह चलते गुण्डों गिरहकटों के
कृत्यों का गुणगान नहीं देखता
मै डरता हूँ
चौथे स्तम्भ का क्या होगा
लगातार हो रहे पतन से
भड़भड़ाकर गिरती दीवारों से
मैं टीवी न्यूज नहीं देखता।

वो नन्ही हथेलियाँ

अपनी नन्हे कोमल हाथों में
मेरी अँगुलियाँ थामे चलती है ठुमक-ठुमककर
खरगोश के रोंये से धवल
सफेद मुलायम छोटे पैरों में नूपुर छनछनाती
तुतलाती बोली में मुँह से निकलते अस्फुट से स्वर
चिड़ियों की तरह चहचहाती है
खाने को एक-एक दाने
चुगती नन्हीं चोंच से
पल में हँसती पल में बिलखती
न मिलने पर पाँव पटकती
जब कभी मैं बाहर से आता
चिपक जाती सीने से मेरे
पकड़ लेती छोटी नन्ही हथेलियों से
आँखों में काजल
ललाट के कोने और कानों के पीछे काला टीका
नजर न लग जाये इत्ती प्यारी गुड़िया को
छोटी-छोटी बदमाशियों पर
मेरी आँखों से डर जाती
दौड़कर छिप जाती माँ के आँचल में
और फिर डबडबायी नजरों से
छुपके देखती मुझे
सहमी हिरणी के बच्चे-सी
जब हँस देता मैं लाड़ से
वो खिलखिला के हँस देती
काश! वो फिर छोटी हो जाती
दौड़कर झट गोदी चढ़ जाती।

शामें हसीन होती हैं

शामें सुबह-सी नहीं होतीं
इक उदासी का घेरा होती है
काली स्याह से घेरे में सिमटी
लम्बी परछाइयों से भयभीत-सी
जो जल्द ही अपना वुजूद खो देगी
और गुम हो जायेगी
घनघोर कालिमा ओढ़े
ये ढलने का प्रतीक है
प्रकाश के मद्धिम पड़ने का प्रतीक है
काली रातों के आने का
जो प्रतीक है शैतानियत का
शाम प्रौढ़ावस्था है जिंदगी का
सुबह बचपन और दोपहर जवानी का
खिलखिलाती सुबहों से
मुरझाती शामों का सफर
जीवन से मृत्यु की ओर
बढ़ने का प्रतीक है
शामें उखड़ी-उखड़ी ही नहीं होती है
उनकी शामें रंगीन होती हैं
उनके लिए जो जिंदादिल हैं
जो हर पल को हँसते हुए बिताता है
हर क्षण को जीता है
उनकी शामें रात होने का
इंतजार नहीं करती
शाम गम और तन्हाई में
जीने के लिये नहीं है
तो उठिए, लाइटें जलाइए
और रौशन कर दीजिए

आपने आसपास को
हँसी और खुशी की तरंगों से
इस कदर कि काली रात
अपने आगोश मे ले न पाये
और सबेरा हो जाये।

बाढ़ का इंतजार

बारिशों के न होने से
अल निनो के चमकने से
किसानों में बैचैनी है
खेती को लेकर जी हलकान है
इतना ही नहीं अफसरान भी परेशान है
साल भर की कमाई टिकी है इस पर
नदियों मे बनाये गये स्पर
इंतजार कर रहे हैं बाढ़ का
जो बहा ले जायेंगी उन्हें
और अफसरान के कारनामे को
सड़कों के गड्ढे परेशान है
उनमे भरे गये हैं जो गिट्टी तारकोल
वो भला कैसे बहेंगे बारिश के
गाँवों में जो मिट्टी के रोड हैं
तालाबों के चारों ओर मेड़ है
वो भला कैसे बहेंगे इस साल
बारिश और बाढ़ न आयी तो
दिखते रहेंगे कच्चे चिट्ठो की दास्तान
खुल जायेगी पोल
बज जायेगा ढोल
और अगले साल फिर
कहाँ दिखा पायेंगे कारनामे
वो भी आसमानों की तरफ देखते हैं
मन ही मन गाते हैं
काले मेघा काले मेघा
पानी तो बरसा जा
किसान ही नहीं अफसरान भी
हलकान है परेशान है

विभीषिका

विभीषिका
पानी की बेपरवाह तरंगों की
वही जानता है
जिसने झेला है बाढ़ के
उच्छृंखल लहरों को
आशियाने का डूब जाना
बह जाना अपने सपनों का
कोई उससे पूछे जो बैठा है
अपने छोटे-छोटे बच्चों और
बूढ़े माँ-बाप के साथ
नदी किनारे बने तटबंधों पर
खुले आसमान के तले
जहाँ खोजती हैं निगाहें
कोई दूर से आती नाव का
आसमान से गिरायी जाती पैकेटों को
तलाशती हैं आँखें ऊपर बिछाये
झपटते हैं गिरते वस्तुओं पर
कोई लपकता खुशियों से शराबोर है
कोई न मिलने पर
छलछलाती आँखों से सोचने पर मजबूर
विस्थापित होंने का दर्द ये जानते हैं
घर के बिखर जाने का मर्म जानते हैं
इक आदत-सी हो गयी है
विस्थापित होने की
नये आशियाने बनाने की
प्रकृति के जुल्म को झेलने से मजबूर
उठकर फिर लड़ने को तैयार
यही है जज्बा इनका

जो इन्हें डूबने नहीं देता
भले ही घर हर साल डूबते हों।

महाप्रयाण पर योद्धा

कई बरसों से इक आस थी
वे हैं और जब तक हैं
आस जिंदा है
भले ही दिखते नहीं
पर महसूस होते हैं हमेशा
जैसे लगता अभी वो बोल पड़ेंगे
हार नहीं मानूँगा रार नहीं ठानूँगा
वो थे हमेशा
लोगों की बातों में
अनछुए जज़्बात में
हमसाये से अपने भाषणों में
पंखुड़ियों-सी बिखरी कविताओं में
विस्तारित था उनका वजूद
दलगत और गैरदलगत भावनाओं मे
कोई भाषण पूरा न होता
उनके जिक्र के बगैर
वो यूएनओ का हिंदी में भाषण
वो पोखरण का स्माइलिंग बुद्धा
वो लाहौर की बस
और वो स्वर्णिम चतुर्भुज
जिंदा हैं हमेशा हमारी यादों में
अटल है उनके प्रण ललाटों पे
गीत नया गाने को
दृश्यावली परिवर्तित है
महाप्रयाण ही सही योद्धा निकल चुका हैं,
अपनी यादों को जिंदा रखने के लिये।

आम आदमी हूँ

डरता हूँ

क्योंकि आम आदमी हूँ

जीने के लिये नौकरी करता हूँ

बीवी-बच्चों की परवरिश के लिये

जी हुजूरी करता हूँ

जुबान है मेरे पास पर

बोलने की हिमाकत नहीं करता

कलम मेरी भी स्याही उगलती है

पर सच लिखने की जुरत नहीं करता

बाजुओं मे मेरे जान भी है

पर नपुंसक-सा पड़ा रहता हूँ

आँखें जमीन पर जमाये

कभी आकाश में तलाश करते

सामने नहीं देखता

सच दिख जाने का डर है।

फिर नजरें खुद से नहीं मिला पाऊँगा

यूँ कहें कि मुर्दा जिंदगी को ढो रहा हूँ

रिटायर होने तलक

उसके बाद तो आँखें भी धोखा दे देंगी

जुबान भी लटपटा जायेगी

और कलम तो जैसे जम जायेगी

ऐसे ही कट जायेगी मेरी जिंदगी

क्योंकि मैं आम आदमी हूँ

जो कुछ देखता नहीं

कुछ सुनता नहीं

कुछ बोलता नहीं

बस जिंदगी जीता है

इसीलिए वह आम है, खास नहीं।

धिक्कार

बेशरमों की कोई जात नहीं होती
कोई धरम नहीं होता
कोई क्षेत्र नहीं होता
सही मायने मे वो इंसान ही नहीं होता
वो जिसके पीछे हँसते हुए
हाथों मे पत्थर लिये
झुण्ड नही इंसानी कुतों की बरात लिये
जुलूस निकाल रहे हो
वो तुम जैसों की माँ है
तुम जैसों की बहन है
तुम जैसों की बेटी है
ये उसकी कोख का दोष है
जिसने तुम जैसों को पैदा होने दिया
अच्छा होता नमक चटा दिया होता
अफसोस होता होगा
तेरी माँओं को तुझे पैदा करके
ये कैसा समाज है
और कैसे कैसे सामाजिक पशु
धिक्कार है
कैसी शिक्षा और कैसा संस्कार
बस धिक्कार ही धिक्कार!

हाथों में हाथ डाले

साल दर साल
नजदीकियाँ बढ़ रही हैं
उम्र बढ़ते हुए दे जाता है
कुछ नये अनुभव
कुछ नये उम्मीदों का कोलाज
दो अनजाने मुसाफिर
तय करते हैं फासले
जिंदगी के और दोनों के बीच के
नदियाँ हैं, पहाड़ और घाटियाँ हैं
जलते रेगिस्तान हैं
अथाह समंदर भी है दरम्यान
सफर खुशनुमा बन जाता है
चलते-चलते साथ में
सफर बोझिल भी बनता है
सफर रुक भी जाता है कभी
तो कइयों के रास्ते भी जुदा होते हैं
जिन्होंने समझा है
जीवन का फलसफा
वो बहुत दूर तलक चलते हैं
जहाँ पर कोई छोर नहीं है
ओर नहीं है इंतहा की
हाथों में हाथ डाले
बेइंतहा नजदीकियों से जो पार पाते हैं
वो ही मुकद्दर के सिंकदर हैं
और जिंदगी के शहंशाह।

वादा

इक वादा मैंने किया
इक तूने भी किया
हर इक पल को जिये जाऊँगा
नदियों की तरह
तूने कहा साथ निभाऊँगी
किनारों की तरह
इक सौदा मैंने किया
इक तूने भी किया
मेरे हौसलों के बदले न पिघलोगी
हिमालय की तरह
तूने निभायी है अपनी कसम
इन पहाड़ों की तरह
इक निर्णय मैंने लिया
इक तूने भी लिया
हर पल सृजन होगा
नये विचारों की तरह
तुने भी स्व को सृजित किया है
इन बहती धाराओं की तरह

मी टू

बीस साल बाद
गर मैं जिंदा रहा
और तुम भी रही
तब शायद तुम बोलोगी
आज का सच बताओगी
महफिल में मुझे रुसवा करोगी
पर आज क्यों नहीं?
आज शायद तुममे हिम्मत नहीं
कैरियर सामने है
रोजी-रोटी का सवाल है
तो क्या तुम भी स्वार्थी हो?
फिर फर्क क्या है मुझमे तुझमे
मैंने किया और तूने होने दिया शोषण
तेरा मौन मेरा हौसला बढ़ाता है
बेशक तुम चुप हो तो तेरी मजबूरी है
पर आज मेरे सितम सह लोगी
क्योंकि तुम कमजोर हो
तुम परिस्थितियों की दास हो
नहीं, तुम आज ही बोलो
आज ही सारी दुनिया को बताओ
मैंने किया है शोषण तेरा
आज तुम चुप क्यों हो?
क्या खुद रुसवाई का डर है?
क्या दरबदर भटकने का डर है?
बोलने का साहस आने में इतना वक्त
'मी टू' कहने में इतना समय
बीस साल!

हस्तक्षेप

खयाल दिल में आते हैं तो
लगता है हस्तक्षेप है
शब्द कलम से निकलते हैं
वो हस्तक्षेप है
जुबाँ खुलती है तो लगता है
वो हस्तक्षेप है
नजरों के भटकने को भी
कहते हैं हस्तक्षेप है
यूँ तो जायज है ये सब
जो पसंद नहीं है उन्हें
वो हस्तक्षेप है
यूँ तो मुर्दा कौम भी है यहाँ
धड़कते दिल की धड़कन को भी
कहते हैं हस्तक्षेप है
हँसते-हँसते सह लेते हैं
सब जुल्म हम उनके जो
कहते हैं हस्तक्षेप है।

सबमें है सरकार

किसको कोस रहे हैं? सरकार को!
कौन बनाता है सरकार को हमलोग, आम जनता।
सरकार कौन है? आम जनता।
अपनी गलती के लिये। को कौन कोसता है? आम
जनता।
जैसा चाहोगे वैसी ही मिलेगी... सरकार।
हम नहीं सुधरेंगे... पर सुधर जाये सरकार। कैसे?
अदृश्य के भरोसे जीने की आदत है
अदृश्य पर नाकामी का ठीकरा फोड़ने की आदत है।
जनता का, जनता के द्वारा, जनता के लिए
लोकतंत्र की तरह अदृश्य है... सरकार।
हम तलाशते हैं.. संसद में, विधानसभाओं में,
कलेक्ट्रेट और तहसीलों में
कहाँ छुपी है सरकार।
हरदम चाहते हैं रेलगाड़ी में, बसों में,
रोड पर और अस्पतालों में और थानों में
वो मेरे आगे-पीछे रहे
मेरे दुःख-दर्द सुने और आँसू पोंछे
सर्वशक्तिमान है... सरकार
कण-कण में है सरकार
जन-जन में है सरकार
हममें तुझमें सब में है सरकार!
अपनी सरकार हम तुम स्वयं हैं
जैसा चाहते हो स्वयं बन जाओ.. सरकार!

नयी जंग

हर रोज नयी जंग पे निकलता हूँ
शाम सलामत रहे रोज दुआ करता हूँ।
कितनों की उम्मीदों पर खरा उतरूँ
जिद्दोजहद जी-जान से शाम तलक करता हूँ।
सूरज की आहटें कब गुजर जाती हैं
अँधेरा होने पर ही महसूस करता हूँ।
इबादतों की फुरसत कहाँ मेरे मौला
तेरे बंदों की जी हजूरी में थक जाता हूँ।
चंद शब्दों की कसम खायी नहीं जाती मुझसे
रात में भी बस सहर हो जाता हूँ।

कविताओं की समझ

ये कविताएँ
मुझे कभी समझ में नहीं आतीं।
शायद इसके लिये होना चाहिए
भावनाओं का इक समंदर

इक ऐसी गहराई
जो अतल हो पर उसमें भँवर न हो
सबकुछ अपने अंदर
समेटने-सहेजने की विशालता हो
शायद चाहिए एक उदात्त हृदय
अनंत आकाश-सा
जिसका कोई ओर-छोर न हो
विलीन हो जाय भाव जिसमें
इस अदृश्य शून्य में
शायद चाहिए नीरवता और शांति
इक बियाबान जंगल-सी
विलीन हो जाये जहाँ स्व भी
है तो प्रेमियों की छटपटाहट भी नहीं मुझमें
न ही डूबने का जज्बा
न विरह-वेदना की निष्ठुरता
कोई एहसास जगाती नही
पक्षियों की चहचहाहट और सुरीले बोल भी
हृदय के तारों को झनझनाते नहीं
शायद इसीलिए मेरी समझ में नहीं आते
ये कविताएँ।

पैसों के मामले में कच्चे हैं

यूँ तो आदमी वो अच्छे हैं
पैसों के मामले में थोड़ा कच्चे हैं
अंदाज-ए-बयाँ मासूम ही है
फितरत भी कुछ जुदा-सी है
हाजिर जवाबी में तो सानी नहीं
साबित करने की जिद में थोड़े बच्चे हैं
यूँ तो आदमी वो अच्छे हैं
पैसों के मामले में थोड़े कच्चे हैं
इक चेहरा आईना-सा है
इक चेहरे पे नकाब लगा है
चेहरे पे चेहरा सब जानते नहीं
अनजानों के लिए थोड़े अच्छे हैं
यूँ तो आदमी वो अच्छे हैं
पैसों के मामले में कच्चे हैं
हवस पैसों की है उतनी
नीचता में खुद को गिरा लें जितनी
हर लफ़्ज़ मे पैसा ही बसा है
इस मायने ईमान के नहीं सच्चे हैं
यूँ तो आदमी वो अच्छे हैं
पैसों के मामले में कच्चे हैं।

भागते सपने

अक्सर मैं जब
नजरें बचाकर निकल जाने की
कोशिश में पकड़ा जाता हूँ
वो हँसती है
और मैं मुस्कुराते हुए भी
कहीं दूर बिखर जाता हूँ।
ख्वाहिशों के उजड़े टीले पर
चढ़ने की उम्मीद में
हर लम्हा फिसलता है हाथों से
और मैं उसको पलकों पर थामे
गर्म बूँदों में तब्दील होने से
रोकते हुए दौड़ता हूँ।
उम्मीदों के पंख

कभी इस कदर कमजोर न हुए
वो अभी भी बैठी है
उन पंखों से बुनते हुए
उस झील किनारे एक दरवाजा
जिसमें बनी हुई मछलियाँ
मचलती हैं तड़पती हैं
फिर छपाक से कूद जाती हैं
मैं तलाशता हूँ उसे
झील की अतल गहराइयों में
वो बैठी है इंतजार में मेरे
उस किनारे
टीले की ऊँचाई को
अपने पाँवों तले दबाये
और मैं निकलता हूँ शराबोर
नजरें बचाकर फिर भागना चाहता हूँ

पर वो हँस देती है
सपने फिर से हाथ नहीं आये
ख्वाहिशें फिर से पतंगें हो गयीं
और मैं डूब जाता हूँ
फिर से उसकी आँखों में
सपनों को पकड़ने के लिये।

विषधर

वो विषधर है
बातों से जहर फैलाता है।
नफरत से भरी नजरें
घृणा में बुझी तकरीरें
सोच के खंजर से खून बहाता है।
वो सियासतदाँ है
सियासती परचम लहराता है
फिर से गये हम छले
वादों की पोटली पर पले
हर बार यही सब्जबाग दिखाता है।
वो तो छलिया है
बड़े प्यार से हमें बहलाता है।
किसान है बेहाल
व्यापारी मालामाल
गरीबों की झोपड़ी में खाना खाता है।
वो मौकापरस्त है
मौके को खूब भुनाता है।
वो विषधर है
बातों से जहर फैलाता है।

दीवार में खिड़की है

उस दीवार में एक खिड़की है
ज्यों शिवजी की तीसरी आँख
लेकिन इससे क्रोध नहीं बरसता
प्यार बरसता है
वो पल ठहर जाता है
जिस पल तुम वहाँ नहीं होतीं
रस्ता वो सरेआम हुआ
जिस दिन से वो दीवार बनी
मैंने देखा है उस दरख़्त को
तेजी से बढ़ते हुए
जो रस्ते के उस पार
असंख्य आँखों को खुद पर
लटकाये हुए पनाह दे रहा है
ललक है, वासना है, तड़प है
तो प्यार भी है उन आँखों मे
एकटक बेधती हैं आँखें
उस बेजान खिड़की में
जिनमे उनकी जान बसी है
सावन से पहले पतझड़
सावन के बाद बारिश
मौसम आते-जाते रहते हैं
पर खिड़की अभी वहीं है
आँखें भी वहीं है
कदम तो मेरे भी अनायास
रुकते हैं वहाँ और नजरें भी
ऊपर चली जाती हैं
और खुलती है खिड़की बस यूँ ही
एक पल के लिये

शायद मेरे कदमों की आहट से
और मै शराबोर हो जाता हूँ
उस नर्म-सी बरसात से
जो उन आँखो से बरसती है
मेरे लिए...
सिर्फ मेरे लिए

लम्हों की खता

लम्हे खता करते हैं
सदियाँ सजा पाती हैं
इक शख्स खता करता है
समाज सजा पाता है।
चौरासी ने जो जख्म दिया
अब तलक टीस उभरती है
बहके हुए कुछ लोगों पर
मौन भी पापी बनाता है
वो शख्स उनमें भी छुपा बैठा है
हमने भी उन्हें शह दे रखी है
उनकी क्या खता है जिन्हें
तुम अपने बीच से भगा रहे हो
वो भी तो अपने हैं
जिन्हें अपना बनाना चाहते हो
प्यार से उन्हें गले भरो
खता करनेवालों पर तुम सख्ती करो
लेकिन बाकी को यूँ सजा न दो
यह देश भी उनका अपना है
इस कदर उन्हें बेगाना न करो
हिंदी मराठी और हिंदी तमिल
ये दर्द आसानी से तुम भूल गये
जो दर्द तुम खुद पाते हो
वो दूसरों को यूँ बाँटा न करो।

विस्थापित

विस्थापित सिर्फ वो ही नहीं हैं
जो बँटवारे में अपनी जड़ों से उखाड़े गये हैं
सिर्फ वो ही नहीं है
जिसे धरती के स्वर्ग से बंदूकों के बल पर भगाया गया है
सिर्फ वो ही नहीं है
जो नक्सली आंदोलनों में,
अपने खेतों मे लाल झण्डों के फहराने
और अपने बाप भाइयों के मारे जाने के डर से
बड़े शहरों में आप्रवासी हो गये हैं
विस्थापित वो ही नहीं हैं
जिनके जंगलों पर कब्जा कर
उन्हें ईंट पाथने के लिये भट्ठों की आग में
खुद को झुलसाने के लिये मजबूर कर दिये हैं
विस्थापित वो भी हैं जिनके घरों को बड़ी-बड़ी
परियोजनाओं ने पानी में डूबो दिया है
विस्थापित वे भी हैं
जो रोजगार की तलाश में अपनी जड़ों से कटकर
किन्हीं झुग्गी झोपड़ियों,
तंग गलियों में दम घोटती काली हवाओं को पीकर
जीने की कोशिश कर रहे हैं।
विस्थापित वे भी हैं,
जो भले रहते हों ऊँची-ऊँची इमारतों के
वातानुकूलित कमरों में
पर कहीं भीतर से खाली है कोना,
जिसमें बची है
गाँव के मिट्टी की भीनी खुशबू,
और यही उनके जीने का सहारा है,
जीवन प्राण है

रूठी रानी

तो अब हम भी मुस्कियाते हैं
जब वो गुस्सा होते हैं
हम तब भी उनसे बातें करते हैं
जब वो मुँह फुलाकर बैठ जाते हैं
उन्हें भी पता है कि बदले हुए हालात हैं
वरना कभी बेपरवाह थे उनकी मायूसियों से
हम अब उन्हें जरूर मनाते हैं
जब वो रूठ जाते हैं
वो रूठते भी इसीलिए
उन्हें पता है हम जरूर मनायेंगे
ये चंद रोज पहले के हालात हैं
उन लम्हों ने मानो सदियाँ तय की हैं
आँसू मेरी आँखों से भी छलक जाता है
जब उनकी नम आँखों में झाँकता हूँ
तड़पने की हद तक वो जलाते हैं मुझे
और मैं जल भी जाता हूँ उनको देखते-देखते
खुदा करे ये रूठना-मनाना जारी रहे
कयामत के दिन भी
वो मेरी आगोश में मरना चाहें
और मै मर सकूँ उन्हें जिंदा देखने के लिये।

सेफोलॉजिस्ट

बरसाती माहौल में
दादुर हो गये सेफोलोजिस्ट
टर्र टर्र की टर्राहट से
मीडिया हो गयी किंगमेकर
हल्दीघाटी के मैदान से
ग्राउण्ड रिपोर्टिंग जारी है
शहीदों की गिनती तो मालूम नहीं
जाति-धर्म पर बहस जारी है
चीखनेवालों की डिमाण्ड तो है ही
मुँहछुट्टे गलिहर टॉप प्रायरिटी है
झूठ बोलने की योग्यता
सच बोलने पर हावी है
ड्रामेबाजी की हाइट पर बैठकर
टी आर पी रेटिंग की ट्वाय ट्रेन पर बैठकर
भाइयो! चुनावी बहस जारी है।

धमाके

पल मे हँसती-खेलती जिंदगियाँ
चीथड़े बन बिखर गये
धमाकों से उठा लाल सैलाब
मरियम के आँसू बन टपक गये
सलीब पर टँगा वो शांतिदूत
बेबस बिलखती जिंदगियों को
समेटने में लगा रहा
बहुत दूर है जाना है आदमी को
इंसान बनने के लिये।

अग्नि-बवण्डर

दूर खड़े यूँ मुझे तारा न समझो
पास में तुम सूर्य पाओगे
झिलमिलाते टिमटिमाते असंख्यों में
अग्नि-बवण्डर तुम पाओगे
मैं खुद में सिमटता डूबता
स्व से लड़ता हुआ आग का गोला
अपने ही ब्लैक होल में पतनशील हूँ
जना है मैंने कई धरा तुम-सी
पर कोई न मिली तुम्हारी पृथ्वी-सी
कभी न पास आना मेरे
जल जाओगे मेरी तपिश में
दूर से ही यूँ अच्छा लगता हूँ
खुद की जलन से जलता हूँ।

एक और दिन

आज फिर इक दिन बीतेगा
सरेआम चौराहों पर स्क्रीनिंग होते हुए
बेतरतीब जुबानों के स्पीकर
फटी-बेसुरी आवाजों में
दहाड़ेगी, चिल्लायेगी... कभी फुसफुसायेगी भी
घायल करेगी ऊटपटाँग सवालों से
और मैं सवालों से बचने के लिये बगलें झाँकता-फिरूँगा
सिले होंठों मे बात जुबान तक नहीं पहुँच पायेगी
जिस्म को छेदती आँखों के लेंसों के मध्य
असहज असहाय महसूस करना
वैसे ही है जैसे सरेआम अपनी इज़्ज़त बचाना
इक दिन और बीतेगा कागजी खानापूर्ति के बीच
नवरत्न तेल का विज्ञापन देखते हुए
और फोन पर सबको फिर हाँ कहूँगा
जानते हुए कि चाँद-तारे तोड़ लाना सम्भव नहीं
इंतजार सूरज के सो जाने का
और उसके बाद भी मोबाइल के न बज जाने का
सच है मेरे दोस्त, सिस्टम के बँधे हाथों से
समाज सेवा की बातें करना बेमानी है
यहाँ सेवा नहीं हर कोई जिंदगी बिता रहा है।

जरा ठहरो

चले जाना तनिक ठहरो तो
सुन भी लिया करो
कभी मेरी बातें भी
हवाएँ गुनगुनाती चलती हैं
पत्तों का बेना डुलाकर
कहीं कोई शीतल राग गाता है
काली घटाएँ तेरी राहों में
पलकें बिछाये खड़ी है
उमड़-घुमड़कर आँखें मींचती हैं
पलकों के कोरों से बूँदें
बस यूँ टपक जाती हैं कभी-कभी
क्या बाँधती नहीं तेरे पैरों को
कदम ठहरते क्यों नहीं
अभी तो पूरी रात बाकी है
अभी तो दीपक की बाती
डूबी है फड़फड़ाती नहीं
अभी तो उधर क्षितिज पर
सूरज की लाली भी नहीं दिखी
जरा देर ठहरो अभी
अभी तो खुलकर बातें भी नहीं की
अभी तो अपलक निहारा भी नहीं
अभी तो पढ़ना शुरू किया है
तेरे चेहरे पर उभरी रेखाओं को
तेरे हाथों से रचे शब्दों को
तेरे अँगूठे से कुरेदी गयी मिट्टी को
चले जाना तनिक ठहरो
सुबह सबेरे यूँ विदा नहीं होते
दिन-दुपहरी यूँ जाया नहीं करते

ढलती शाम भी यही कहती है
गोधूलि वेला में पंछी
अपने घरों में लौटते हैं
आने का वक्त मुकर्रर है
जाने का नहीं
अभी मत जाओ!

जिन्दगी की तलाश

जिंदगी जब भी तुझे
छूकर महसूस करने की कोशिश में
करीब आता हूँ
तुम एक मीठी-सी थपकी लगाकर
छन से कहीं गुम हो जाती हो
मैं फिर भटकता हूँ दरबदर
तेरी तलाश में
तुम दिखती हो मुझे
जैसे नदी की लहरों के बीच
पूर्णमासी का चाँद डूबता-उतराता
जो रोज अपनी चमक
लीलते जाता है खुद में
तुम दिखती हो मुझे
गहरे समुद्र के बीच खड़े
अकेले लाइट टॉवर की तरह
सबको राह दिखाते
कभी दूर गगन की छाँव में
शाम के धुँधलके में
अपने नीड़ की ओर लौटते
पक्षियों की तरह
कभी मंदिरों के प्रातःकालीन भजन
जो हौले से गहरी नींद में भी
कानों मे कुछ घोलते हैं
कभी तलाशता हूँ तुम्हें
सर्दी की ठिठुरती रातों में
फटे चिथड़े में अपने बच्चों को बचाते
उस बेबस लाचार माँ में
जो सड़क किनारे

पुल या पाइप के नीचे
खुद को जज्ब किये है।
तुम हाथ नहीं आतीं जिंदगी
छुआ जाता नहीं मुझसे
तुम तो सर्वव्याप्त हो
कण-कण में हो
पल-पल में हो
फिर भी मैं तलाशता हूँ तुझे
यहाँ वहाँ जहाँ तहाँ

वो अधनंगा बच्चा

अब तक भूलती नहीं
उस अधनंगे बच्चे की सूनी आँखें
कितना दर्द था
कितनी चाह थी
कुछ खाने की
कुछ पाने की
अपने नन्हे गँदले हाथों से
पकड़े थे मेरे पाँव
बाबू कुछ दे दो
जितना वह मेरे पैरों को
झकझोर रहा था
मेरे अंदर कुछ पिघल रहा था
शायद कई दिनों से भूखा था
पैसा दूँगा तो शायद इसे खाने को न मिले
छीन लेंगे इससे इसके गैंग वाले
इस कदर टूटा था पत्तों में पड़ी पूड़ियों पर
मानो वर्षों से भूखा हो
एक साँस में पूड़ी खत्म हो गयी
लगा जैसे पेट मेरा भर गया हो
आत्मा तृप्त हो गयी
वो बेपरवाह-सा पत्तलों को फेंक रहा था
आँखे उसकी मुझसे कुछ कह रही थीं
शायद आपसा कोई रोज मिल जाये
पीठ से चिपके उसके पेट
रोज इसी तरह भर जाये